Ceiliúradh an Bhlascaoid 2

Tomás Ó Criomhthain
1855-1937

Ceiliúradh an Bhlascaoid 2

Tomás Ó Criomhthain
1855-1937

in eagar ag
Máire Ní Chéilleachair

An Sagart
An Daingean
1998

An Chéad Chló 1998
© Cóipcheart ar cosaint.

ISSN 1393-6026
ISBN 1 870684 83 4

Clúdach Tosaigh: Líníocht de Thomás Ó Criomhthain ag Seán Ó
Súilleabháin le caoinchead ó Roinn Bhéaloideas Éireann, Ollscoil na
hÉireann, Baile Átha Cliath, agus "An Blascaod Mór", léarscáil in
eagar ag Pádraig Tyers le hainmneacha bailithe ó Sheán agus ó
Mhuiris Mhaidhc Léan Ó Guithín (iar-Bhlascaodaigh) agus foilsithe
ag Inné.
Clúdach Cúl: Cnuasach focal i bpeannaireacht Thomáis Uí Chriomhthain
le caoinchead na Roinne Béaloidis, Ollscoil Oslo.

Clóchur: Inné Teo., Dún Chaoin, Co. Chiarraí.
Kingdom Printers Ltd. a chlóigh.

Clár

Focal ón mBean Eagair

Tionóladh Ceiliúradh an Bhlascaoid 2 in Ionad an Bhlascaoid i nDún Chaoin 21-23ú Márta 1997. Bhí Fondúireacht an Bhlascaoid agus Dúchas na Roinne Ealaíon, Oidhreachta, Gaeltachta agus Oileán i gcomhar le chéile go héifeachtach san fhiontar anamúil seo. Tomás Ó Criomhthain a bhí mar ábhar comórtha. An tUachtarán, Máire Mhic Róibín, a d'oscail na himeachtaí. Mar thús d'fháiltigh an Canónach Seán Mac Ginneá roimh na maithe agus na móruaisle a bhí i láthair agus go háirithe roimh an Uachtarán agus a fear céile, agus an Aire Stáit, Donal Carey. Ansin chuir bainisteoir an Ionaid, Mícheál de Mórdha, an tUachtarán i láthair. Labhair sise go soilbhir i nGaeilge agus i mBéarla. "Tragóid mhór dúinn ar fad ab ea cailliúint an phobail Ghaeltachta seo ón mBlascaod," ar sise. "Is cúis áthais dúinn go bhfuil spiorad an Bhlascaoid beo fós i muintir an Bhlascaoid atá ina gcónaí thart orainn sa cheantar seo agus cuirim fáilte ó chroí rompu anseo." Ag tagairt don cheiliúradh féin dúirt sí: "Is féidir leis an Uachtarán scéal Thomáis Dhomhnaill a cheiliúradh libhse anseo agus é a chur os comhair an tsaoil athuair. Is é sin atá i gceist leis an gcomóradh seo. Bíodh a fhios ag an saol mór go bhfuil comóradh Thomáis Uí Criomhthain seolta go hoifigiúil anois ag Uachtarán na hÉireann agus is mór an onóir domsa é a chomóradh libh. Go raibh míle maith agaibh."

Cuireadh roinnt leabhar i láthair le linn an cheiliúrtha. Sheol Pádraig Ó Muircheartaigh, beannacht Dé leis, *Bloghanna ón mBlascaod* a d'fhoilsigh Coiscéim, i mBaile Átha Cliath i mí na Feabhra — díolaim d'aistí le Tomás Ó Criomhthain a bhí i gcló aige in irisí iomadúla atá sa leabhar seo; Breandán Ó Conaire a chuir sin in eagar. Ba é an tEaspag Dónal Caird a chuir i láthair an tslua é. Fáiltíodh roimhe sin agus cuireadh an-spéis ann. Sheol Máirín Ní Laoithe Uí Shé athchló a bhí réidh de *Allagar na hInise*, in eagar ag Pádraig Ua Maoileoin. Leabhar nua glan ab ea an leabhar a sheol An Sagart, *Cleití Gé ón mBlascaod Mór*. Sa leabhar seo tá peannaireacht na n-údar, Seán agus Tomás Ó Criomhthain, ar an leathanach ar chlé agus an t-ábhar i litriú agus i gcló an lae inniu ar dheis. Chuirfeadh an pheannaireacht faoi dhraíocht thú. Is baolach go bhfuil formhór na gcóipeanna de seo díolta cheana féin!

I gcló anseo tá an t-aitheasc a thug Niamh Ní Chriomhthain Uí Laoithe ag uaigh a hathar chríonna ar an Domhnach. Tá leis anseo cur síos chliamhain Sheáin, mac Thomáis, Mícheál Ó Conaill, ar mhuintir Chriomhthain agus a gcraobh ginealaigh. Tá aithne mhaith i gCorca Dhuibhne ar chuid de na léachtóirí a labhair agus a thug a léachtaí le foilsiú anseo — Seán Ó Coileáin, ollamh le Nua-Ghaeilge Ollscoil na hÉireann Corcaigh, atá an-eolgaiseach maidir le scríbhinní Thomáis Uí Chriomhthain; Pádraig Ó Héalaí, mac le Nóra Ní Shé, múinteoir agus scríbhneoir Blascaodach, atá ag cur cíocrais chun béaloidis ar lucht na Gaeilge in Ollscoil na hÉireann Gaillimh; Angela Bourke, léachtóir sinsearach sa Ghaeilge in Ollscoil na hÉireann Baile Átha Cliath atá sároilte inár dtraidisiúin agus meallta go Corca Dhuibhne dála a lán eile; Pádraig Ó Fiannachta ó Bhaile Móir a bí ina ollamh in Ollscoil na hÉireann Maigh Nuad tráth, agus anois, ina shagart paróiste sa Daingean; Tadhg Ó Dúshláine, léachtóir sinsearach in Ollscoil na hÉireann Maigh Nuad a bhfuil an-tuiscint aige ar an litríocht idir dhúchais agus dheoranta ach nár éirigh leis an chaint bhreá seo a aithris dúinn. Dhá raiste atá againn ón Seimineár — *Litríocht an Bhlascaoid - inné, inniu agus amárach*. Ceann le moltaí an-phraiticiúla ón Dr. Máirín Nic Eoin ó Choláiste Phádraig Droim Conrach, agus ceann ó pheann beo cruthaíoch duine dár scríbhneoirí óga bisiúla, Pádraig Ó Cíobháin.

Cheiliúir Easpag Chiarraí, an tEaspag Liam Ó Murchú Aifreann Mór in onóir na hócáide ar an Domhnach, i séipéal Ghobnatan i nDún Chaoin, mar a mbíodh na hOileánaigh ar aifreann ar an Domhnach nuair a bhíodh sin ar a gcumas.

Táthar buíoch don slua breá a bhí páirteach sa Cheiliúradh, do fhoireann an Ionaid, idir bhainistíocht agus lónadóirí agus fháilteoirí; do na cainteoirí agus na léachtóirí, d'Aodán Ó Conchúir a sholáthraigh cuid de na pictiúir agus do Inné a réitigh an t-ábhar don chló.

Gura fada buan sibh go léir agus mbeirimid beo ar an gcéad Cheiliúradh eile.

Máire Ní Chéilleachair
Ionad an Bhlascaoid Mhóir
Dún Chaoin
11ú Feabhra 1998

Beirt iníon Sheáin Uí Chriomhthain, Niamh Uí Laoithe agus Cáit Uí Chonaill, ag uaigh a seanathar, Tomás Ó Criomhthain.

Niamh Ní Chriomhthain Uí Laoithe.

Ó 'n mBlascaod

A Tomáis na nGrásta.
Seo chugat an leabhar-so,
do sgríbh T Stáyr ar a
biasts féin.

B'fhéidear na fuil
zar Stáyr i n'Oán o Dáuntz
Of ar biaic anso riOileán
féin do.

Tomás Ó Criomhthain

Meádon Fóghmair s 16..1929..

Tomás Ó Criomhthain

Nóta ar chóip de *An tOileánach* déanta ag Tomás Ó Criomhthain
dá mhac, Tomás Óg Ó Criomhthain i Springfield.
Curtha ar fáil do Thaispeántas Thomáis Uí Chriomhthain ag iníon Thomáis Óig, Katherine Crohan.

Cérbh é Tomás Ó Criomhthain?

Mícheál Ó Conaill

Nuair a bhíos im' gharsún óg, i bPort Mhic Aoidh in Uíbh Ráthach, ba mhinic dúinn sa tsamhradh dul ar an gcnoc ag gabháil de chaoire. Ba bhreá lem' chroí tamall a chaitheamh ansiúd, suite ar thurtóg fraoigh, ag féachaint siar ó thuaidh thar dhroim Oileáin Dairire ar oileáin dhraíochta na mBlascaod. Is beag a shíleas go mbeinn im' sheasamh anseo lá éigin ag cur síos ar Thomás Ó Criomhthain. Ach, pós bean de mhuintir an Oileáin ....agus gheobhfar gnó duit !

I dtús báire, mo bhuíochas ó chroí do údair agus eagarthóirí na leabhar a úsáideas mar fhoinsí — agus go mbaineas oiread taitnimh astu. Siad san:

Tomás an Bhlascaoid, le Breandán Ó Conaire,
The Blaskets, People and Literature, le Muiris Mac Conghail,
Leoithne Aniar, le Padraig Tyers agus
An tOileánach Léannta, le Máiréad Nic Craith.

GINEALACH
As leithinis Uíbh Ráthaigh, ar an dtaobh theas de Bhá an Daingin, a shíolraigh na Criomhthanaigh. Craobh de Mhuintir Shúilleabháin ab ea muintir Mhic Criomhthain. Cuireadh as seilbh cuid acu fadó. Níl aon chuntas ar conas a thánadar go Corca Dhuibhne (féach Cairt 1).

I gceanntar Mhárthain a chaith Conchúr Mac Criomhthain, athair críonna Thomáis, tús a shaoil. Cáit Ní Chonchúir a bhí pósta aige. Baisteadh a gcéad leanbh, Dónall Mac Criomhthain, athair Thomáis, sa bhliain 1808, le linn dóibh bheith i Márthain. Is i mBaile Ícín a bhíodar lonnaithe ón mbliain 1811 amach nuair a baisteadh Eibhlís, Máire agus Cáit.

I mí Eanáir 1837 a phós Dónall isteach san Oileán. Cáit Ní Shé ón mBlascaod Mór a thóg sé mar bhean chéile. Ochtar

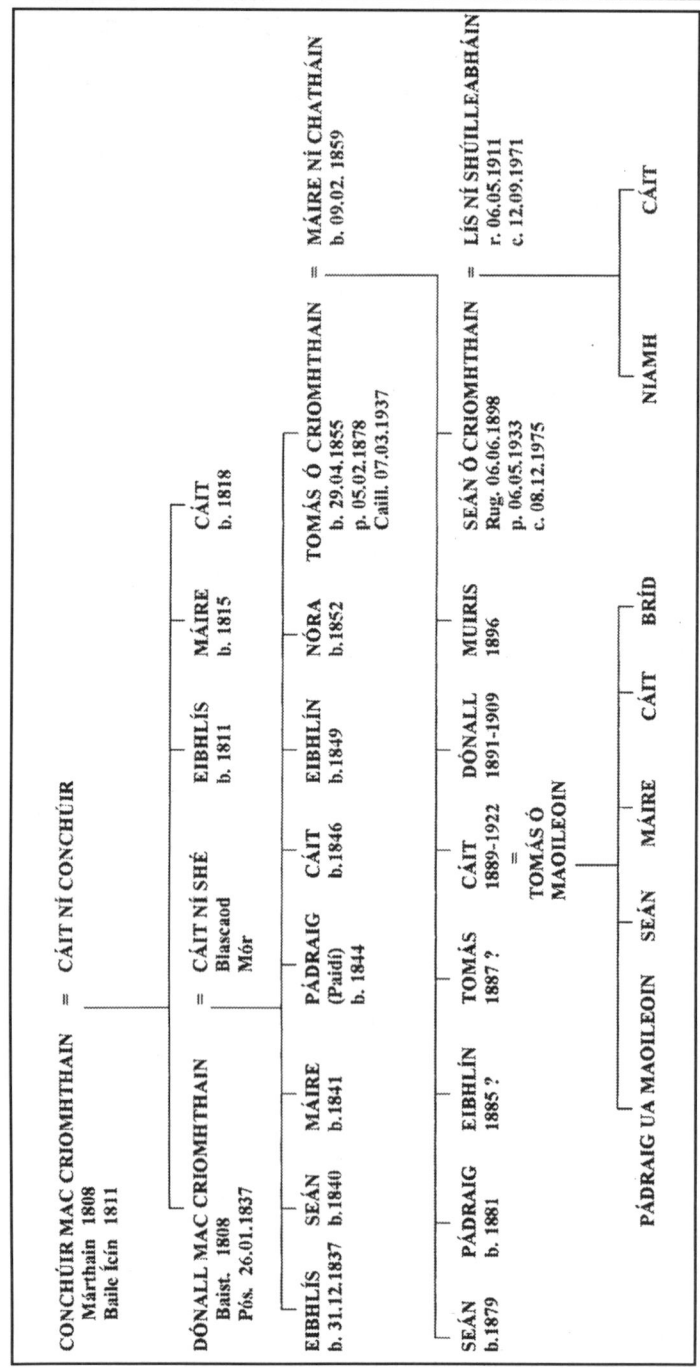

Cairt 1.
Cairt Chlann Chríomhthain — An Blascaod Mór.

Uachtarán na hÉireann, Máire Mhic Róibín, le sliocht Thomáis Uí Chriomhthain in Ionad an Bhlascaoid Mhóir, Márta 1997.

Niamh Ní Chriomhthan Uí Laoithe.

clainne a bhí acu: Eibhlís, Seán, Máire, Pádraig ("Paidí"), Cáit, Eibhlín, Nóra agus Tomás — "dríodar a' chrúiscín" mar a thug sé ar fhéin!

Ach cathain a saolaíodh Tomás Ó Criomhthain? Ina leabhar *An tOileánach* deir sé: 'Lá San Tomás sa mbliain 1856 sea rugadh mé.' B'shin é an tuiscint a chuaigh i bhfeidhm ar dhaoine. Ach, de réir leabhar na mBaistí, baisteadh Tomás ar an 29ú Aibreán 1855. Tomás agus Bríd Criomhthain na cairde Críost a sheas leis. Má ghlacaimid le Lá San Tomás mar lá breithe Thomáis is féidir gur ar an 21ú Nollaig 1854 a saolaíodh é.

ÓIGE, SCOIL, ÉIRÍ SUAS

Fuair Tomás an-pheataíocht óna dheirféireacha agus é ina pháiste beag. Beirt iontach ab ea a thuismitheoirí chun soláthar don dtigh. Bhí ardmheas ag Tomás orthu agus thugadar san oiliúint mhaith dhó. Bhí saol sona sásta aige an tráth sin dá shaol

Thosnaigh Tomás ag freastal ar an Scoil Náisiúnta san Oileán nuair a bhí sé tuairim is deich mbliana d'aois. Béarla ar fad a bhí sa scoil ag an am. Bhíodh an scoil dúnta go minic — múinteoirí ag teacht agus ag imeacht. Deir sé féin "...mar gur fánach a bhíodh scoil agam." Luigh sé leis an scoil nó go raibh sé ocht mbliana déag d'aois. "Scoláire Dhónaill" a thugadh na comharsain mar leasainm air de bharr a dhúil san oideachas. Bhí léamh agus scríobh an Bhéarla go maith aige ar fhágaint na scoile dhó. Ach ní raibh léamh ná scríobh na Gaelainne aige.

Peats Mhicí Ó Catháin an páirtí a roghnaigh Tomás ar scoil. Seo mar a scríobh Nóra Ní Shé: "Toghann páistí a bpáirtithe féin ar scoil. Bíonn an-lúb istigh acu ina chéile agus leanann an muíntearas i rith a saoil go minic." Sin díreach mar a bhí ag Tomás agus Peats. Toghadh Peats ina dhiaidh sin mar "Rí" ar an Oileán. Deirfiúr do Pheats a phós Tomás.

Cara mór eile le Tomás óna óige ab ea a uncail Diarmaid, dearthár dá mháthair — fear breá aerach! Ghabhadar trí mhórán eachtraithe i dteannta a chéile nuair a bhí Tomás ag éirí amach sa tsaol.

Bhain Tomás an-taitneamh go deo as na blianta sin ina óigfhear. D'fhoghlaim sé gach ceard a bhí ag a athair — idir iascaireacht agus saoirseacht cloch — agus thug sé leis an chríochnúlacht a bhí ann. Ní raibh sé siar i gcúrsaí spóirt agus scléipe ach oiread!

PÓSADH, CLANN

Ar an 5ú Feabhra 1878 a phós Tomás Ó Criomhthain agus Máire Ní Chatháin (féach Cairt 1). Bhí Tómás trí mbliana fichead agus Máire naoi mbliana déag d'aois. Saolaíodh dáréag leanbh dóibh. Ach, faraíor, ní fadsaol a bhí i ndán dóibh go léir.

Féachaimis ar Chairt 2 de theaghlach Thomáis. Bhí an tseanlánú ag maireachtaint ina dteannta sa tseanthigh. Timpeall na Bealtaine 1888 a cailleadh Dónall agus ní fada ina dhiaidh sin gur cailleadh Cáit.

	Rugadh	1885	Tigh nua	1901 D'áir.	1909	1911 D'áir.	1913	1915
Dónall		+						
Cáit		+						
Tomás				44				
Máire				40 +				
Seán	1879	+						
Pádraig	1881			18			+	
Eibhlín	1885			16				
Tomás	1887			14				
Cáit	1889			12				
Dónall	1891			10 +				
A	?		+					
B	?		+					
Muiris	1896			5				+
Seán	1898			3				
C	?			+				

1922

Cairt 2.
Teaghlach Thomáis.

Bhí Seán, Pádraig agus Eibhlín saolaithe fén mbliain 1885.

Maraíodh Seán nuair a thit sé le faill in aois a seacht nó a hocht dó.

Thóg Tomás féin tigh nua le ceann pheilte air, i mBun a' Bhaile, agus d'aistríodar isteach ann tuairim is 1893. Bhí

Tomás, Cáit agus Dónall saolaithe fén dtráth seo.

Ní fada a bhíodar istigh sa tigh nua, áfach, nuair a ghlan an triuch agus an bhruitíneach beirt pháiste uathu. (Níl ainmneacha agam dóibh.)

Ar fhoirm dhaonáireamh na bliana 1901 (31ú Márta) áiríodh baill an teaghlaigh agus aois gach duine díobh. Bhí Muiris 5 mbliana agus an dara Seán 3 bliana d'aois. Ní fada ina dhiaidh sin gur bhuail buille tubaisteach eile iad. Cailleadh Máire, an mháthair, ar leanbh iníne eile. Níor mhair an leanbhín ró-fhada í féin. Deir Seán nár chuimhin leis féin a mháthair a fheiscint riamh.

Bádh Dónall in aois a 18 dó san eachtra ar an Trá Bán i Lúnasa 1909. Shábháil sé Cáit ach bádh Eibhlín Nic Niocaill chomh maith leis féin.

Le linn daonáireamh 1911 ní raibh sa tigh le Tomás ach triúr mac, Pádraig, Muiris agus Seán, chomh maith lena dheartháir Paidí a bhí tar éis filleadh ó Mheirice. Bhí Eibhlín agus Tomás Óg bailithe leo go Meirice agus Cáit pósta i nDún Chaoin le Tomás Ó Maoileoin.

Cailleadh Pádraig sa bhliain 1913 de bharr goirtiú a d'imigh air is é ag iompar naomhóige. Dhá bhliain díreach ina dhiaidh sin (1915) a cailleadh Muiris. Cailleadh Cáit sa bhliain 1922 ar a hochtú leanbh.

Ní raibh fágtha aige baile sa deire as an ál líonmhar ach a mhac Seán.

Fear calma buanseasmhach ab ea Tomás go raibh creideamh láidir aige. Thuig sé nárbh cás éinne amháin a chás féin agus chuir sé a thoil go foighneach le toil Dé.

Ba mhór an chabhair do Thomás, i rith an tréimhse mí-ámharach seo, a dheartháir mór Paidí agus deartháir a chéile, Peats, chomh maith le pobal uile an Oileáin.

Is mac le Cáit é an t-údar Pádraig Ua Maoileoin. Maireann a dheirfiúr Cáit i gCo. an Chláir (féach Cairt 1). Tá Seán, Máire agus Bríd imithe ar shlí na fírinne. (Tá an-áthas orm a rá go bhfuil beirt iníon le Máire, Rita agus Caitríona, anseo linn inniu.)

Phós Seán Ó Criomhthain agus Eibhlís Ní Shúilleabháin sa bhliain 1933. D'aistríodar go dtí an Muirígh sa bhliain 1942. Is iad Niamh agus Cáit a mbeirt iníon. Foilsíodh leabhar le Seán: *Lá Dár Saol.*

SCRÍOBHNÓIREACHT, CUAIRTEOIRÍ, LEABHAIR

Bhí Tomás glan 40 bliain go maith nuair a thosnaigh sé ar léamh agus ar scríobh na Gaeilge. Aon uair a bhéarfaí amuigh i nDún Chaoin air, d'fhanadh sé i dtigh Sheáin Uí Mhuircheartaigh i mBaile Ícín. Bhí gaol gairid ag Tomás le Neil Chriomhthain, bean Sheáin. Bhí leabhair Ghaeilge acu agus leabhair scoile ag a leanaí agus bhíodh Tomás ag foghlaim uathu. Thuig sé féin an tábhacht a bhain leis an scríobh. Bhí san curtha ina luí go maith air ag Seán Ó Duinnlé, an file:

"Beidh an t-amhrán ar lár mura bpriocfair suas é," a dúirt sé le Tomás.

Tharla múscailt suime ar fuaid na tíre sa Ghaeilge agus sa tseanchas ag tús an chéid agus thosnaigh scoláirí agus múinteoirí taistil ag teacht 'dtí an Oileán. Tadhg Ó Ceallaigh a thug a chéad leabhar Gaeilge do Thomás. Chuaigh Tomás i dtaithí ar an léamh agus ar an scríobh gan aon mhoill.

Stiúraigh Fionán Mac Coluim a chara Cormac Ó Cadhlaigh go dtí Tomás. Thosnaigh Tomás ag scríobh do *An Claidheamh Solais* agus do *An Lóchrann* — aistí agus dánta.

Sa bhliain 1907 a thug Carl Marstrander (An Lochlannach), ollamh le Léann Ceilteach, turas ar an Oileán. Bhain sé amach Tomás agus thugadar leath-bhliain ag obair le chéile, Tomás ag múineadh Gaeilge agus seanchais dó. Tar éis do Mharstrander filleadh abhaile, chuir sé mar chúram ar Thomás díolaim ainmneacha na n-iasc, na n-éan, na bhfeithidí agus na bplandaí a bhí ar an Oileán a chur chuige. Tá an díolaim sin fé choimeád in ollscoil Oslo.

B'é Marstrander a stiúraigh Robin Flower ('Bláithín') ar an Oileán sa bhliain 1910. Dlúth-chairde ab ea Tomás agus

Bláithín as san amach. Thagadh bean agus clann Bhláithín ar saoire 'dtí an Oileán. Bhí Bláithín fial flathúil le Tomás agus le muintir an Oileáin. (Cuirim fáilte roimh Pat Flower, mac Bhláithín, atá anseo linn.)

Sa bhliain 1917 a bhain Brian Ó Ceallaigh amach an tOileán — ar chomhairle an tSeabhaic, Pádraig Ó Siochrú. B'é Brian ba mhó fé ndeara tobar litríochta an Oileáin a oscailt agus b'iad leabhair Thomáis ba mhó fé ndeara an sruth a ghluais as an tobar sin le himeacht aimsire. Chaith Brian leath-bhliain ag foghlaim Ghaeilge ó Thomás. Theaspáin sé do Thomás conas cuntas cín lae de shaol an Oileáin a scríobh. Lean Tomás air ag cur na gcuntas seo 'dtí Brian nuair a d'fhág sé slán ag an Oileán. B'iad san ábhar a chéad leabhair, *Allagar Na hInise*.

Timpeall na bliana 1922 a stiúraigh Brian é i dtreo scéal a bheatha féin a scríobh. Thug sé dó *An Iceland Fisherman* le Pierre Loti, *My Childhood* agus *In The World* le Maxim Gorki agus *The Growth Of The Soil* le Knut Hamsun. Ba bhreá le Tomás na leabhair sin agus thugadar misneach dó tabhairt fén obair mhór.

Foilsíodh *Allagar na hInise* sa bhliain 1928 agus *An tOileánach* sa bhliain 1929. Is é a bhí go sásta! Bhí an ceann scríbe bainte amach aige; "cloch an phréacháin" buailte in airde ag an saor! Ní baol anois go raghadh a scéal ar lár! Bhí pictiúir soiléir péinteálta ag an ealaíontóir focal seo, ní hamháin den a shaol féin ach den phobal dárbh díobh é.

Foilsíodh *Dinnsheanchas na mBlascaodaí* i 1935 (curtha in eagar ag Robin Flower). Logainmeacha an Bhlascaoid atá ann, chomh maith le brí agus seanchas a bhaineann leo.

I ndiaidh bhás Flower (1946) bhronn a iníon Bairbre an cnuasach scéalta, seanchais agus filíochta a bhí bailithe aige ó Thomás ar Shéamas Ó Duilearga chun eagarthóireacht a dhéanamh orthu. Foilsíodh *Seanchas ón Oileán Tiar* sa bhliain 1956.

Chum Tomás roinnt mhaith filíochta agus ghnóthaigh dán leis duais an Oireachtais bliain. Bhí sé de nós aige go minic litir a fhreagairt le dán.

An tOileánach agus a mhac Seán.
Le caoinchead ó Roinn Bhéaloideas Éireann, Ollscoil na hÉireann, Baile Átha Cliath.

TOMÁS — AN DUINE

Fear teann láidir ab ea Tomás, go raibh an tsláinte go maith riamh aige. Bhí dhá shúil ghéara ina cheann nár chuaigh faic i ngan fhios dóibh — súile géara an tsaoir ag tomhas 's ag meá.

Léirítear é seo go maith sa phictiúir a dhein Seán Ó Súilleabháin de.

Bhí cluas mhaith ceoil aige agus amhránaí tofa ab ea é — "dar leis féin," a dúirt Pádraig Ua Maoileoin! Seo cuntas uaidh féin, ag cur síos ar sheisiún áirithe:

> Is é 'Réchnoc Mná Duibhe' an t-amhrán a dúrt agus ní mór a labhair go raibh sé ráite agam. Má bhí beirt ab fhearr ná mé bhí triúr ba mheasa ná mé!

Ní fhéadfá maíomh láidir a thabhairt ar sin!

Rinceoir cumasach ab ea é agus arís, dar lena mhac Seán, thagadh mustar beag air ar ócáidí go mbeadh ríl mhaith déanta aige i láthair dhaoine.

Ní raibh aon leisce riamh ar an gCriomhthanach a shaibhreas Gaelach a roinnt leis an saol. Bhí fáilte is fiche aige roimh gach éinne. Seo scéilín ó Nóra Ní Shé:

> Bhuaileas isteach chuige lá agus mo 'bhosca' agam — mar a deirtear san Oileán. 'Tá do phictiúr uaim,' arsa mise le Tomás tar éis tamaill seanchais bheith againn. 'Mhuise,' ar sé, dá crathadh féin, 'ní maith an pictiúr mise agat anois: táim críonna, cromtha, lag is liath.' 'Ach, a Thomáis,' arsa mise, 'cuimhnigh ná beidh do leithéidse arís ann.' D'athraigh sé. Gheal a ghnúis. Tháinig fáthadh an gháire ar a bhéal agus dúirt: 'Táim agat anois; níl aon ghnó tú eiteach.' Shiúlaigh sé chugham go humhal. Bhíos sásta.

Lean an chuirtéis i gcónaí é. B'fhada leis go mbeadh a bhuíochas curtha in úil aige don té go mbeadh aitheantas tuillte aige. Seo cuid de litir a dheachtaigh sé dá mhac Seán agus a seoladh 'dtí an Seabhac i mí Iúil 1935:

> An lámh do scríobh *An tOileánach* ní féidir léi greim do chur im' bhéal anois ná fiú amháin an cnaipe do dhúna dom. Táim gan a bheith ar fóghnamh le breis is mí

Tomás ar a chathaoir lasmuigh dá thigh.
Le caoinchead ó Roinn Bhéaloideas Éireann, Ollscoil na hÉireann, Baile Átha Cliath.

anuas, ach go bhfuilim ag bogadh as an leabaidh le seachtain, ach amháin gur le cughnamh bhean a' tighe a thagaim 'on chúinne. Ní féidir domsa mo bhuíochas a chur in úil duitse go brách na breithe, ach go bhfuil aon ní amháin agam dhá iarraig ar an Máistir Beannaithe duit. Saol buan gan galar ná máchail a bhronnadh ort as ucht a bhfuil déanta agat dom féin...

Bhí Lís Ní Shúilleabháin agus Seán Ó Criomhthain ceithre mbliana pósta sarar cailleadh Tomás. Thugadar an-aire dhó i ndeire a shaoil, ach ní chloisfeá uathu féin é. Paidí Mhicil, deartháir Lís, a dúirt liom é le déanaí — go mbíodh cuid mhaith bráca acu ag iarraidh a chuid éadaigh a chur air.

"Agus cad mar gheall ar a bpíp," arsa mise, "a ndeineadh sé aon lámh uirthi?"

"Bhíodh bús deataigh aige ó mhaidin go hoíche," ar sé, "ní théadh aon stad orthu ach ag gearradh tobac agus ag líonadh na pípe dó. Is dócha gurb é an tobac a mhairbh é," ar seisean! (Go maithe Dia dhúinn é!) Bhí sé féin is Lís an-cheanúil ar a chéile.

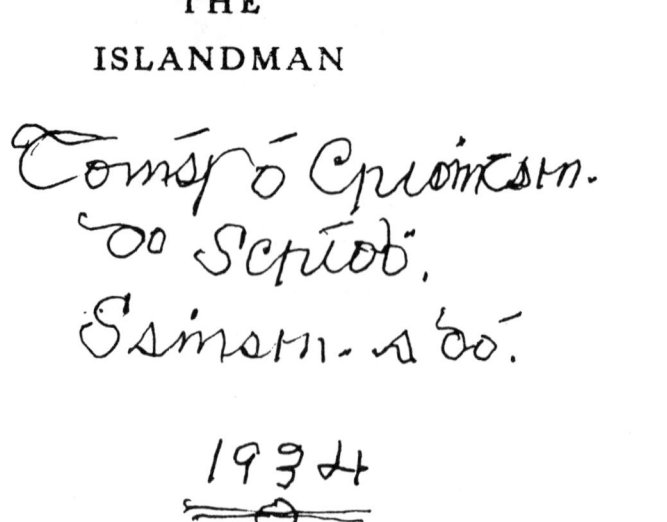

THE ISLANDMAN

Síniú deireanach Thomáis déanta do Lís, Oíche Shamhna 1934 ar chóip de
The Islandman a foilsíodh an bhliain sin.
Curtha ar fáil ag Niamh Ní Chriomhthain Uí Laoithe do Thaispeántas Thomáis Uí Chriomhthain.

Fágfaimid an focal deireanach fé bhás agus sochraid a athar ag Seán Ó Criomhthain sa scannán "Deireadh An Áil":

Tháinig an tAthair Tadhg agus bhí sé thíos sa leabaidh agus "déanaim amach," ar seisean, "go gcuirfeam críoch báis air sara bhfágfad." Chuir sé an ola air. Ach i gceann coicíos nó trí seachtaine nó ceithre seachtaine ina dhiaidh sin arís fuair sé níosa mheasa. Is dóigh liom go b'é an séú nó an seachtú lá do Mhárta déarfainn, níl sé cruinn ar fad agam, thugamar fé amach, ceathrar againn.

Bhí an fharraige an uair sin sceanúil, cruaidh anoir aduaidh agus bhí sneachta anuas go dtí scéimh na haille, ar fuaid na háite ar fad. Nuair a dh'fhéachfá amach ar Dhún Chaoin ní chífeá faic ach ailp bhána ach bhí an ghrian ag taitneamh go láidir is chífeá Faill Móir ansúd sa ghrian fé mar a bhí sí arú inné. Ba bhreá leat bheith ag déanamh isteach uirthi. Nuair a chuamar amach bhí leac-oighear ar gach aon diabhail áit. Mac Jamsie Bell a thug 'on Daingean sinne.

Is chuamar 'on Daingean agus dh'fhaigheamar an bosca, is ea a cheanglaíomar in airde é ar dhroim an mhótar agus gach aon rud a lean é. Ba chuma linn ach é bheith istigh agus an bosca a bheith againn, bheadh sé alright mar mhairfeadh sé siúd istigh ar feadh mí, an dtuigeann tú, ní raibh feoil ná meáchaint ann ach na cnámha.

Ach ansan maidin lá arna mháireach bhí sé ana-bhreá. Buaileadh isteach san áras é, leaba bheag chaol ann, mar a dúirt an fear. Buaileadh soir amach an bóithrín leis, Bóithrín na Marbh síos, leagadh an naomhóg agus thiar ar deireadh an mhaide coise thiar a caitear an bosca, bosca an choirp, a chur, agus triúr fear ansan; bheadh an tochta deiridh loitithe. Triúr ag rámhaíocht, sé nó seacht do naomhóga buille ar bhuille in éineacht lena chéile.

Buaileadh amuigh i nDún Chaoin é, tógadh in airde é i gceann tamaill, tháinig an sagart in airde ar barra.

Buaileadh suas an Móinteán leis agus lastuas soir trí Bhaile an Ghleanna agus lastuas do Bhaile an Ghleanna agus Baile Bhiocáire thíos, cuireadh anuas ansan ag Crosaire na Marbh é, má tá a fhios agat cá bhfuil sé agus síos agus san áit go bhfuil na cnámha inniu.

Ní dóigh liom go dtáinig sé sin ina aigne in aon chor ná go mbeidís ann ach nach iad leithéidí an tseana-dhreama a bheadh ann. Pé a bheadh ann, an dtuigeann tú, ní b'iad leithéidí Thomáis a bheadh ann. Bheidís níosa chliste agsu b'fhéidir níosa leisciúla agus bhí a fhios aige ná beadh na báid acu, ná ní foighne ná aon rud mar sin. B'é an chuimhne ba shia siar ina cheann é déarfainn.

Solas na bhFlaitheas dá n-anamacha uaisle uile.

Mar fhocal scoir, ba mhaith liom, thar cheann Cháit agus Niamh, ár mbuíochas a chur in úil dóibh siúd go léir go bhfuil oiread oibre déanta acu ar shaol agus ar shaothar Thomáis — idir thaighde, foilsiú agus léiriú ins na meáin go léir. Gura fada buan sibh.

Go raibh míle maith agaibhse, a lucht éisteachta.

An tOileánach
Ón láimh go dtí an leabhar
Seán Ó Coileáin

Is gnáthach gur mó an t-údarás a bhíonn ag leabhar ná mar a bhíonn ag lámhscríbhinn an leabhair, ach amháin, an uair fhánach, i measc scoláirí. Cé gur túisce ann don lámhscríbhinn agus gur bunúsaí ar gach saghas slí é, ba dhóigh leat, ní fhágann san gur tábhachtaí i gcónaí í. Bíonn a údarás féin ag an leabhar gan spléachas di: údarás na haimsire agus na taithí, darás an phobail agus na comhthuisceana, údarás an chló féin a ordaíonn gurb é an cló san a bheidh air nó go sroichfidh an chéad chló eile é, má dheineann, agus an uair sin féin b'fhéidir. Buanóidh an léirmheas, an aiste liteartha agus an t-aistriú é. An té a cháinfidh é is ag moladh leis a bheidh sé d'ainneoin a dhíchill, mar go mbeidh aitheantas breise aige á thabhairt do, más é aitheantas an diúltaimh nó na scigaithrise féin é. Is ann do ar chuma nách ann don lámhscríbhinn. Ní miste a rá nách saothar go leabhar.

An t-eolas atá againn ar *An tOileánach* is é an t-eolas a thug An Seabhac agus Pádraig Ua Maoileoin dúinn air é. Sid iad a shamhlaigh agus a mhúnlaigh dúinn thar n-ais é de réir a dtuisceana féin air agus ar an ní a theastaigh insan am. Is cuma cur amach a bheith againn ar an mbunscríobh nó gan a bheith, is ar a n-insint siúd ar an scéal a chaithfidh toradh a bheith againn sa chéad áit. Is fíor an méid sin go háirithe mar gheall ar an gcéad eagrán, ceann an tSeabhaic, go ndúrt mar gheall air uair amháin:

> Is tábhachtaí ar shlí é ná an rud a scríobh Tomás Ó Criomhthain féin. Agus ní bainfear an t-urlár de ar fad pé dícheall a dhéanfaidh aon eagarthóir eile ar scríbhinní Thomáis san am atá le teacht. Fanfaidh sé neamhspleách ar an obair sin ar fad mar shaothar ann féin. Ná ní bheidh an seasamh céanna ag aon leabhar Gaeilge eile go deo arís agus a bhí aige tamall. [1]

Is é tamall a bhí i gceist agam na blianta idir 1929 agus 1973 nuair ná raibh an dara heagrán curtha ar fáil fós, ná, go deimhin, fáil ar an lámhscríbhinn féin formhór na haimsire. B'in í an uair, leis, a creideadh go bhfíorófaí an aisling Ghaelach, cé gur creideamh é a bhí ag dul in éag go mear sna blianta déanacha díobh. Cuid den aisling agus den gcreideamh ab ea eagrán 1929 den leabhar chomh maith, cuid de stair na teangan agus na tíre, rud nách foláir a chur sa mheá nuair a bítear á mheas. Ag tagairt atáim, go háirithe, don gcóiriú a deineadh air á réiteach don gcló, ach níl an scéal gan baint aige le héifeacht an leabhair ach oiread: an dúil a chuireamair ann, an bhrí a bhaineamair as. Tuigeadh dúinn nách duine ná pobal a bhí ag labhairt linn ach cine, agus gur sinn féin an cine sin. Saghas miotais againn ab ea é a bhí sroichte chugainn anall de dhroim na gcianta; miotas ar chuma gach miotais eile a theastaigh sa tsaol láithreach nó ní buanófaí ann é mar a deineadh. Dá fheabhas mar litríocht an Bíobla, abair, is fearr ná san fé dhó é nuair a ghéilltear don ní atá ag an litríocht san á chur in úil. Ní hé an scéal atáthar in ainm is a bheith á insint an scéal, le ceart, ach an ní fé ndeár do a bheith á insint, agus cé go mb'fhéidir go mairfeadh an scéal féin in éamais an ní sin is dícheall do é.

Saothar comhaimseartha is ea an saothar i gcónaí, agus caithfidh a cuid a bheith ag an aimsir de. Níor mhar a chéile eagrán na bliana 1929 agus eagrán na bliana 1973 de *An tOileánach* fiú amháin dá mb'é an téacs ceannann céanna focal ar fhocal acu é, gan de dheifir eatarthu ach an deifir sa litriú, abair. D'fhágfadh an bhearna aimsire agus tuisceana agus meoin gur saothair éagsúla ab ea fós iad, ní áirím tosach nuaíochta a bheith bainte ag ceann díobh den gceann eile. Dá réir sin, ní hionann ar fad an téacs agus an saothar, agus cé gur leis an dtéacs is mó a beifear ag plé feasta ní gan spléachas don saothar trí chéile é, tá súil agam.[2]

Ag trácht ar eagrán an tSeabhaic is mó a bhead mar gheall ar an dtábhacht fé leith a shamhlaím leis, agus ní toisc a fheabhas a bhí An Seabhac mar eagarthóir ná aon bhreis mhór fheabhas a bhí An Seabhac mar eagarthóir ná aon bhreis mhór a bheith aige ar Phádraig Ua Maoileoin sna cúrsaí sin. Agus, go deimhin, mar is eol don saol, tá nithe ag an dara Pádraig sa leabhar aige, gan aon cheilt déanta aige orthu, ná leomhfadh an chéad Phádraig a chur ina leabhar féin. Déarfaidh mé an méid seo, áfach: gach aon uair a léim an chéad eagrán, mar is nós liom a dhéanamh arís ó am go ham le blianta beaga anuas (bhí sé caite uaim ar feadh i bhfad agam ón uair a tháinig cóip den lámhscríbhinn im sheilbh), is ea is móide mo mheas air mar shaothar; pé comaoin a chuir sé air, nó pé údarás a bhí aige len é a dhéanamh, gaisce ab ea é ar a thógaint le chéile. Féadfaimid a bheith ag caint go ceartaiseach air mar is maith linn, agus údar na lámhscríbhinne againn leis an gcaint sin, ach is ina lámhscríbhinn a d'fhanfadh sí go ceann i bhfad ina dhiaidh san mara mbeadh An Seabhac a ghabháil chuici agus í a thógaint ar láimh. Agus níor luaithe ag cur slachta ar an lámhscríbhinn é ná é ag déanamh margaidh agus teasaragain do Thomás timpeall ar an leabhar agus ar an aistriú, agus é ina chárta cúil laistiar de gach uair a theastaigh sé. Sa tslí dhuit gur mar a chéile, cuid mhaith, saothar an Chriothanaigh a cheiliúradh nó An Seabhac féin a chomóradh. Agus má bhí sé seachantach ar smugaí agus ar mhún agus ar phantalóga ban, ní gan chúis é. Bhí an dá thaobh air, taobh na tíriúlachta agus taobh na hoifigiúlachta, agus tuiscint thar barr aige orthu araon. Neosaidh an méid seo thíos cad iad na fochaisí a bhí sa tslí air in Éirinn oifigiúil na linne. Agus ní sa tslí air ar fad a bheidís ach ag teacht lena éirim féin mar, ar chuma na coitiantachta, cuid den tabhairt suas a bhí fachta aige féin ab ea na nithe seo chomh maith, agus ní fhéadfadh sé gan géilleadh áirithe a thabhairt dóibh, fiú muna mbeadh éinne eile ag faire air. Dá chomhartha dhuit nár mheasa an cinsire lasmuigh ná an fear istigh agus gur deacair iad a aithint ó chéile.

Aiste léirmheasa í seo ar *Fiche Blian ag Fás* agus ar an aistriú Béarla a ghaibh leis, *Twenty Years A-Growing*. Fear a thug Mogh Ruith mar ainm air féin a scrígh don *Catholic Bulletin*; b'é seo Seán Ó Ceallaigh ('Sceilg') go ndúirt duine áirithe ina days of the Fianna, and cannot quite fit himself into modern ways and circumstances."[3] Níorbh é galar éinne amháin é, ná baol air. Ó Oileán Dairbhre ab ea é agus eolas maith ar an gceantar agus ar an nGaeilge aige. "A Sea-Bird's Egg" is teideal don aiste aige ach, más ea, blas ná dath ní bhfaigheann sé seo air mar ubh, ach a leordhóthain den tseanbhlas a bheith aige air.

We have approached the Irish original with a sympathy heightened by the consciousness that the author was left motherless at the tender age of six months, and spent his whole boyhood in some home in Dingle where, it would seem, English alone was spoken. But we have read it, we regret to say, with a steadily flagging interest, varied with intervals of nausea. So that our readers may sniff the odour of this reputed sea-bird's egg, represented to the public as almost affording a feast of Kerry Irish at its best, we propose to examine it in some detail from the standpoints of grammatical form, idiom, diction, and let typical passages from the translation convey its tone and spirit and general character.

It is no pleasure to us to have to begin by saying that the dialogue, which is profuse, and begins to show signs of maturity soon after the author's return home to the Blaskets, is punctuated with offensive expectoration and repeated invocations of the Prince of Darkness: *Dobheirim an dial* .i.I swear by the d., and *go marbhuí an dial é* .i. the d. kill him, page 48; *Ó, bheirim an dial, ar seisean* .i. Oh, I swear by the d., says he; *Olc ag an ndial ort, arsa Séan, nach olc a tán tú riamh* .i. Evil may the d. visit you with, is it not evil you have ever been! and *mo chroidhe on dial* .i. my heart to the d. (49). These are taken from the chapter *Ag Baile* .i. At Home. ['An Baile' is teideal don gcaibideal san, mar a tharla.]

Sin é a bhí á mharú ar fad ba dhóigh leat: go mbeadh caint den

sórt san ar siúl ag baile i measc an aosa óig. Leanann sé ar an
aiste sin go ceann naoi leathanaigh eile agus ansan iompaíonn
ar an leagan Béarla agus tarraigíonn chuige caibideal a cúig,
"Ráiseanna Fionntrá", é siúd gur iarr an Gúm ar Sheoirse Mac
Tomáis é a fhágaint ar lár sa bhunleabhar sara gcuirfidís i gcló
é. (Mar is eol dúinn, ba thúisce a chaillfeadh Seoirse féin leis
an leabhar ná a thabharfadh sé dóibh é ar an gcoinníoll san,
agus níor thug.)

> There, the author tells us, himself and a comrade, Tomás,
> drank, each, in their boyhood, two pints of porter....
> [Leanann an cuntas san aistriú Béarla, ar ól agus ar
> aiseag na beirte, 'the same disgusting performance' mar a
> thugann sé seo air. Ní mó an masmas a chuireann an
> deoch ar an mbeirt bhuachaillí ná ar fhear an léirmheasa
> nár bhlais riamh di, de réir dealraimh.]
>
> Later, we get a chapter on a wake. Though the author
> was utterly frightened — thinking he saw the corpse
> everywhere — he attended with his grandfather.
> "In came four strangers from Dunquin, looking shy.
> 'What did I tell you', said my grandfather nudging me.
> The barrel (of porter) was opened. A bucket was handed
> round. On account of their reputation, I kept my eyes on
> the four till the bucket reached them. A pint was poured
> out for Shaun Egan, the first of them. He made no stop
> till he had swallowed it down....

Cé go bhfuil a thuilleadh ann, ní chuireann Mogh Ruith aon
chur isteach ar an gcuntas ach é a thabhairt lom díreach mar
atá. *Res ipsa loquitur*: labhrann an ní uaidh féin, nó sin é is
dóigh leis. Siúd leis arís:

> Another chapter is given up to a wedding, the principal
> feature of which was a muster in a public house — on the
> mainland:
> "Take hold of my coat-tail, Mauraid (said the author),

and don't let go of it, for if you do I might as well be looking for a needle in a field of wheat.... I pressed on, pushed ahead by Mauraid, till at last we reached the publichouse of Shamus Kane. But we were going from bad to worse, for we could not put our noses across the threshold. Nothing but shouting and disputing, and drink flying in the air...."

Ar deireadh, tar éis dhá leathanach déag cló, is é mar a chríochnaíonn sé:

Of all the Gaelic books published for the past forty years [1933 é seo], it is consoling to know that those marked by vulgarity could be counted easily on the fingers of both hands, and it is passing strange that the bulk of that small number had their origin in Corca Dhuibhne despite its glorious history.... For years, by a process of mercenary log-rolling, vulgar books of primitive poets have found their way into the class-rooms of Ireland, even of our National University. It looks as if it were reserved to the *Catholic Bulletin* to let the light in on these as on other matters.

    The mere advent of such a work as "Twenty Years a-Growing" at this juncture — the very possibility of its appearance — is a painful commentary on the tragic joke which the Celtic Faculty of University College, Dublin, has been for the first quarter-century of its existence. In content, it is in the main an unlovely picture of Irish seaboard life ... so far from being the egg of a seabird laid this morning, an artificial egg chockful of the rank meat for which John Bull's intellectual appetite eternally craves. [4]

N'fheadar cad é an bhaint a bhí ag Dámh an Léinn Cheiltigh i gColáiste Ollscoile Bhaile Átha Cliath leis an scéal, marab amhlaidh a mheas Mogh Ruith go ndéanfaidís litríocht na

Gaeilge a chothú ar chuma éigin nó, neachtar acu, go ndéanfaidís í a chosc nuair ná beadh sí oiriúnach, chomh fada len é bheith ar an gcúrsa léinn acu, ach go háirithe. Ach féach nár tháinig An Seabhac slán, dá fheabhas is mar a dhein sé a dhícheall, mar ní foláir *An tOileánach* agus *Allagar na hInise* a áireamh i measc na leabhar "marked by vulgarity" go dtáinig a bhformhór ó Chorca Dhuibhne. A mhalairt a deintí a chasadh leis de ghnáth: gur lig sé an iomad den tsaghas san ar lár. Seo mar a d'fhreagair sé duine amháin de na léirmheastóirí san iris *Bonaventura*, Samhradh 1937; iris í seo a thagadh amach uair sa ráithe agus is mar chuimhniú míos ar Thomás a bhí caillte ó mhí na Márta roimis sin a bhí an aiste seo ("Tomás Ó Criomhthain, iascaire agus ughdar") ag An Seabhac inti ní foláir. "Fiannaíocht" ba mhaith leis a thabhairt ar an sórt so cainte:

Seo mar adeir scéal acu: "Some of the passages in his original manuscript were deleted in the edition issued for the use of schools by the Irish Free State Government," 7rl, 7rl. Le n-a cheart féin a thabhairt don diabhal, ní mór dom a rá ná dearnaidh an Gobharmint bocht a leithéid. Gach líne dá bhfuaireadar uaim-se do chuireadar i gcló í. Níor cuireadh amach agus níor ceapadh fós aon edition den leabhar i gcomhair na scoileanna.[5]

Bhí míthuiscint áirithe air sa mhéid sin, pé acu an d'aon ghnó é nó nárbh ea, mar ní raibh sé ráite ag fear an léirmheasa gurb é an Rialtas (is é sin Coiste na Leabhar nó Oifig an tSoláthair is dócha) a d'fhág na sleachta ar lár, ach gur fágadh ar lár ar aon tslí iad, rud ab fhíor agus a bhí ar eolas coitianta, fiú amháin ag an am. Agus is maith a bhí 'fhios ag an té a dúirt é ná raibh ann ach an t-aon eagrán amháin, ach thuig sé chomh maith (agus thuig An Seabhac go dianmhaith) go raibh úsáid áirithe a dhéanamh den leabhar sna scoileanna idirmheánacha agus sna hollscoileanna cheana, fiú amháin mara mbeadh ann ach "mercenary log-rolling", a ndúirt Mogh Ruith.

Tá 'fhios againn anois, de thoradh an taighde atá déanta ag Breandán Ó Conaire gur cuireadh an scéal i gcomhairle an tsagairt uair amháin ar a laghad; is cosúil gur tuigeadh gurbh fhearr féachaint romhat ná dhá fhéachaint id dhiaidh sna cúrsaí seo. An Seabhac féin a bhreac an méid seo le linn do bheith ag cóiriú an téacsa le haghaidh an chló, 26/10/1928:

Tá ceist faoi phíosa amháin de théacs Thomáis Criomhthain agus deir Seoirse M[a]c N[iocaill] [a bhí ar Choiste na Leabhar] gur mhaith an rud tuairim an Athar Uí Mhurchú bheith againn 'na thaobh; agus iarraidh air bualadh isteach go dtí an oifig lá éigin.[6]

Chomh maith, cuireadh fios air go dtí Bóthar Bhinn Éadair mar a raibh sé chun cónaithe; tháinig i láthair "agus cuireadh an scéal 'i dtreo cheart'." Bheadh tuairim mhaith agam cad é an treo é sin! An doras amach a déarfainn, cé ná feadramair cén píosa áirithe a cuireadh féna bhráid.

Ach bhí nithe eile sa treis. Bhí, dar leis An Seabhac, "róbhreis de ghnéithe áirithe sa dá scríbhinn" [*An tOileánach* agus an t*Allagar*].

San "Oileánach" b'é an tslighe bhí an bhreis sin ann go raibh imeachtaí den tsaghas céadna dá n-insint arís agus arís eile — stoirm eile agus baoghal báite, turas eile 'on Daingean, laethe eile ag marbhú rón, babhtaí eile óil agus grinn, b'éigean scagadh a dhéanamh ar na hadhbhair sin agus cuid mhaith den téx d'fhágáil ar lár d'fhonn leadrán a sheachaint sa leabhar, agus baoghal seana-bhlasa i bpáirt an léightheora.[7]

An tuiscint chéanna a bhí ag Pádraig Ua Maoileoin ar an scéal, mar a deir sé:

Dála an chéad eagarthóra, bhí orm rogha a dhéanamh

tríd an lámhscríbhinn ar cad a thabharfainn liom agus cad a fhágfainn ar lár.[8]

Níorbh í an rogha chéanna ar fad ag beirt acu í. Neosaidh an aimsir (agus tá súil agam ná beidh an aimsir rófhada anois) an raibh an ceart acu maidir le gearradh agus fáscadh a dhéanamh ar an scéal. Tógaimís blúire díobh atá fágtha ar lár ag beirt acu. Bhí Tomás Maol istigh oíche agus scéal aige á insint mar gheall ar an dtiománaí aduaidh nó an báille aduaidh. Fág san; b'fhéidir a rá, cé nách mise a déarfadh, go bhfuil dóthain scéalta mar sin insa leabhar cheana. Ach ansan tagann an blúire seo a bheadh i dtosach caibidil a naoi sa leabhar dá gcuirfí ann é. (Is leis An Seabhac an roinnt seo na gcaibideal, gan amhras, roinnt atá bun os cionn leis an roinnt a bhí déanta ag an údar, cé go gcaithfear í a leanúint feasta, is dóigh liom, mar a lean Pádraig Ua Maoileoin, toisc a sheanbhunaithe atá sí fén am so.) "An Taibhreamh" an teideal atá ag Tomás ar an méid seo:

Do dhein allagar Thomáis agus an Choróin Pháirteach roithleán díom an oíche chéanna. Is é an chéad néal do thit orm, agus gan ach mo shúile titithe ar a chéile, ná tromluí. Gach aon scread agam, insa tslí gurbh éigeant dom mháthair teacht go dtí me as a leabaidh féin, agus is mór an trioblóid do fuair sí uam sara raibh mo mheabhair cheart agam. Fé dheireadh, do thit tionnúr eile orm i bhfad isteach san oíche agus, má thit féin, níor chodladh ceart é, mar do deineadh taibhreamh eile dhom ná raibh rómhaith agus do bhí 'om lat ar aon chodladh fónta.

Seo mar a tháinig an taibhreamh chúm. Dar liom go rabhas insa tráigh agus gur bhuail bainirseach bhreá róin liom ar maidin ar an mbarra taoide, agus gan faic agam chuin a maraithe, agus gur imigh sí uam. Dúirt mo mháthair ar maidin liom gur ligeas trí scread eile i lár na hoíche agus, má ligeas, is é seo uair é: an t-am gur imigh an rón uam, dar liom.

Is ina dhiaidh san a thagann eachtra an róin a thosnaíonn mar seo:

> Ar maidin larnamháireach do thugas m'aghaidh chuin na trá agus, mar aimsir leasaithe dob ea é, do bhíos go lánmhoch. Agus, cé nár chailleas an taibhreamh, ní amhlaidh gur cheapas go mbeadh rón lem linn ná le feiscint. Bhí píce breá nua agam chuin, má bhuailfeadh aon dornán feamnaí liom, í a bhailiú leis. Do thugas mo chúl leis an dtigh agus m'aghaidh chuin na trá.
> An uair do shroicheas barra an chladaigh, do bhuaileas mo bhrollach ar mhaolchlaí beag do bhí ann, ach ní raibh gealas a dhóthain ann chuin aon rud d'fheiscint ó bharra agus, ón uair ná raibh, do thugas an dá sháil le fánaidh síos do, nó gur shroicheas an grean....

Samhlaím féin go bhfuil baint mhór ag an dá ní le chéile. Ní hamháin go dtreisíonn an taibhreamh leis an eachtra ach go bhfuiltear á chur in úil dúinn roimh ré conas an eachtra a léamh agus a thuiscint: tá brat na samhlaíochta á leathadh ar an scéal ar fad, ó thromluí na hoíche go dtí moiche agus diamhaireacht is doiléire na maidine. Níltear scartha ar fad fós leis an dtaibhreamh i dtosach na heachtra ná, go deimhin, ina deireadh. Ní den ghnáthshaol a leithéid seo ná ní do is cóir é a thagairt; amach as scéalta gaisce, as an saol eile geall leis, a ritheann sé chuige, agus tá cuid áirithe den mblas céanna san tríd síos ar an méid a leanann é.

Nó tóg scéal a phósta, agus cuimhnigh gur *scéal* is ea é, scéal na bliana 1923 ar phósadh na bliana 1878 cúig bliana is daichead roimis sin, scéal a thairrigíonn scéalta na mblian, a raibh gafa tríd idir an dá linn aige chomh maith leis an lá féin. Is deacair na laethanta agus na blianta a dhealú ó chéile, nó a rá cé acu atá in uachtar, agus b'fhéidir nár cheart a bheith ag iarraidh a dhéanamh amach, mar ná fuil aon deifir mhór eatarthu sa deireadh. Is mó de chuimhne agus de mhothú an ama i láthair i gcónaí é ná de dheimhniú ar ar thit amach. Ní hann don ní a thit amach; ní hann ach dá thuairisc. Téacs is ea téacs tar éis an tsaoil. San aimsir láithreach amháin a mhaireann an aimsir chaite.

Tá sé ráite ag Tomás gur aon amhrán amháin a dúirt sé ar a phósadh féin, "agus ní dúrt ach é." B'é amhrán é "Caisleán Uí Néill," sampla breá d'amhrán an chailín tréigthe. Breacann sé síos an t-amhrán, hocht gcinn de rannaibh. Rann díobh:

Do gheallais-se féin dom go mbreágfá mo leanbh ar
dtúis;
Do gheallais 'na dhéidh sin go mbeadh aontíos idir me
agus tú;
Dá gheallúint in aghaidh an lae dhom gur ligeas-sa leatsa
mo rún;
Agus fóraoir tinn géar dubhach tá an saol so ag teacht
idir me agus tú.

D'fhág An Seabhac an t-amhrán ar lár ach sholáthraigh Pádraig Ua Maoileoin tar n-ais é. Máire Mhac an tSaoi an chéad duine a thagair do thábhacht an amhráin seo, agus ba dheas an tabhairt fé ndeara aici é.

It is as if all the regrets for what might have been are compressed into one allusion, for the song is one that belongs in the mouth of a girl lamenting her faithless lover. We today would hardly have attached much importance to it, but to An Seabhac, who was himself the product of the song culture, its meaning was so clear a betrayal that he felt it could not be allowed to stand.[9]

Ag tagairt atá sí, gan amhras, don gcailín a bhí fágtha ina dhiaidh ag Tomás san Inis (cé go ráinig di féin agus dá máthair bheith ar an mBlascaod an Inid áirithe sin). Ait an rud é, ach tá sé ráite ag An Seabhac féin gurb é a mhalairt a bhí curtha roimis aige: breis eolais a bheith aige ar an gcúram:

> Theastuigh uaim agus d'iarras air níos mó do scríobhadh
> i dtaobh na mná óige go raibh sé gan amhras i ngrádh
> léi, go nochtfadh sé níos mó de rún a aigne agus an
> díombáidh ní foláir a bhí air le linn a scartha léi d'fhonn
> toil a mhuintire a dhéanamh. Dar liom dob fhiú a
> fhagháil fios a thuairimí agus a intinne nuair do thoiligh
> le bean eile a phósadh nár ghrádhuigh sé roimh ré, agus
> cionnus mar a chuaidh an bhean bhocht lághach dhílis
> chneasta san 'na chroidhe agus gur fhásadar i gcion is i
> gcoidreamh is i n-iontaoibh a chéile.
>   'Á cheapadh bhíos go bhfaghainn caibidlí soillse
> uaidh a léireochadh feallsamhnacht agus tuairim
> fholuighthe a aigne ar na neithe is bunadhsaighe agus is
> deiscréidighe bhaineann le croidhe an duine — pé aca
> tuata nó léigheanta é.
>   Ach ní scríobhfadh Tomás ach a bhfuil i gcló uaidh.
> Ar nós na sean-mhuintire go léir sa Ghaedhealtacht —
> agus i dtuaith na hÉireann i gcoitchinne — ba neamh-
> fhonn leis neithe deiscréideacha a anma a nochtadh. [10]

Ceist agam, nó scata ceisteanna. Ar rith sé riamh leis An
Seabhac gurbh fhéidir an bhrí sin a bhain Máire Mhac an tSaoi
as a bhaint as an amhrán? Ar rith sé le Tomás féin, nó an
b'amhlaidh díreach a mheas sé gur amhrán breá é agus ná
beadh sé mí-oiriúnach ar aon tsaghas slí é bheith luaite leis an
bpósadh sa tuairisc, pé ní i dtaobh é a rá? An dtuigfeadh sé i
gan fhios do féin é, is é sin le rá go mbraithfeadh sé go raibh an
gaol ann ach nár chuir sé isteach go coinsiasach é? Nó an mó
de ghaol téamúil é ná de ghaol na hócáide? (Agus cuimhnigh
arís gur ócáid téacsúil amháin anois í.) Is air is treise é Cathal
Ó Háinle ná dúirt Tomás riamh ar an bpósadh é, ar eagla seó a
dhéanamh de féin, ach gur sampla eile é "den chlaonadh a bhí
sa Chriomhthanach an 'stair' a chur as a riocht d'fhonn cuid
éigin dá scéal in *An tOileánach* a dhéanamh níos snasta nó níos

éifeachtaí."[11] Cá bhfios? Cad é an bhrí a bhainfeadh an lucht éisteachta as an amhrán ach oiread le Tomás féin? Is é a deir sé siúd mar gheall ar an lucht éisteachta, agus admhaím ná fuil ann ach é a rá, gur "thug a raibh istigh suas don amhrán déanta é agus, ar an dtaobh eile, don amhrán ráite é." An mbeadh scéal chailín na hInise ar eolas acu, nó an ndéanfaidís é a thagairt don amhrán? Agus cad scéal é, nó cad é an bun a bhí leis, nó cathain a cuireadh an bonn áirithe sin fé? Mara ndúirt sé an t-amhrán cad eile ná dúirt sé is nár dhein sé? Ní mór filleadh ar an aimsir láithreach arís, mí na Nollag 1923, ar an seanduine ag cuimhneamh ar gach a bhfuil caillte den tsaol aige, agus go háirithe ar an ní ná fuair sé le cailliúint riamh. Ní hé an saol mar a bhí sé choíche é ach an saol mar ba chóir é a bheith. Agus is in é agat an aimsir láithreach — mar a bhí riamh agus a bheidh go deo. An rud is mian leis an gcroí, pé treo go dtabharfaidh do chosa tu.

Is gnáthach an cuntas ar an Inis aige a bheith lán de cheol, de rince agus d'amhráin. Is í Tír na nÓg, Tír na mBan, Tír Tairngire agus an Bhrasaíl in aonacht aige í. Ise Gráinne, eisean Diarmaid i ndomhan an fhiaigh, na raidhse agus na scéalaíochta. Níor caitheadh saol mar é riamh ar an Oileán Mór agus níorbh fhéidir a chaitheamh. Ní féidir an tsamhlaíocht a thabhairt go dtí an goirteamas; fanann sí ansan thiar ar imeall na spéire agus i mbláth na hóige gan an aimsir a chimilt di go deo. Sleachta fánacha as an saothar; sa chéad cheann díobh, tá sé féin agus a uncail Diarmaid tar éis dhá lá agus dhá oíche a thabhairt san Inis, nó sa Chloich mar a thugann sé uaireanta uirthi:

> birt choiníní ag teacht gach tráthnóna againn; amhráin go flúirseach i rith na hoíche, nó go mbíodh sé a haon a chlog, is dócha, agus codladh go headartha ansan. Ní stadadh an seanuncail gan a bheith ag luachtaint na beirte againn lena chéile gach oíche agus gach uair, agus do bhíodh sórt rógaireacht ag baint leis, gan amhras, mar gach rud suaithinseach do bhíodh ar siúl do bhíodh sé

age beirt againn, i bhfios agus i gan fhios, ar feadh na haimsire.

Maidean an tríú lae do bhí sé gan a bheith róbhreá ar fad, agus do dheineamair beartú a bheith ag baint an tí amach. Bhí ár lán d'ualach ar gach nduine againn ag teacht go dtí an bád, agus do lean a raibh sa Chloich go dtí an t-uisce sinn, agus ní raibh fead ná glao acu toisc sinn do bheith á bhfágaint.

Níl gnó agam a rá ná gur chailleas féin mo chuid suilt, pé duine eile do chaill í, mar do dheineas go cruinn. Ní hiontas san agus me ag scarúint leis an dtamall grinn is mó do bhuail riamh liom, agus, ina theannta san, me ag tabhairt mo chúil leis an óigmhnaoi ba thaitneamhaí liom do bhí ar an dtalamh naofa insan am san.

'Sea, do bhogamair linn aniar, agus do bhí formad maith linn ag an muintir do bhí abhus. Bhí ár n-ualach do choiníní saille againn, agus gan ag an gcuid abhus ach feamnach agus móin is aoileach.

Turas eile dá raibh sé inti níos déanaí, deir sé "Ba dhóigh leat gurb í Tír na nÓg an Inis an lá san", agus machnaíonn siar ar an eachtra mar seo:

Is álainn í an óige; níl aon rud comh breá léi. Do cheapas insan am so ná raibh tiarna ná iarla i dtír Éireann ná go rabhas comh sásta leis. Ní raibh cíos, cás ná cathú orm; me sínte siar ar fhleasc mo dhroma insa sórt leapa do bhíodh age Diarmaid Ó Duibhne insa teitheadh dho le Gráinne, binse do luachair ghlais; cuileachta aoibhinn in oileán mara agam, scata d'óigmhná as mo choinne ar an dtaobh eile do thigh, agus nárbh fhios an b'ó neamh, ón saol eile nó ón saol so an ghuth chinn do bhí acu, ná aon fhios ciacu b'fhearr.

Ní lia duine ná tuairim, ach is é an téacs a ligeann dúinn na tuairimí a chaitheamh, téacs ná hídeofar go bráth agus nach fearr teora a chur roimh ré leis ach é a scaoileadh chun siúil.

Cé gur bhain An Seabhac den lámhscríbhinn mar a fuair sé ó Bhrian Ó Ceallaigh ar dtúis í, chuir sé léi chomh maith ar shlite eile. Mar seo a mhíníonn sé féin é:

> Bhí a lán bearnacha san obair — mion agus mór. B'éigean dom a iarraidh ar an ughdar iad a líonadh. Do líon — cuid acu — le freagraí ar cheisteanna i dtaobh iomad mion-rudaí, agus le haistí ar leith de shaghas caibideal a III ("Na Tighthe Bhí Againn"); cuid de XVI ("An Inid, 1878" .i. a phósadh, 7rl.) cuid de XX ("Brácadh an tSaoghail"), agus urmhór na dtrí gcaibidlí deiridh. [12]

Tógaimís cuid acu so, an caibideal ar an Inid ar dtúis, ós é is déanaí a bhí againn. Níl fáil anois ar an mbreis ach amháin sa leabhar. Ní dhéanfad de phlé ar an eagarthóireacht ach a rá gur anso (idir alt a dó agus a trí thíos) a thagann an dá scéal le chéile, dá dtiocfadh, an scéal a bhí cheana aige agus an scéal nua:

> Do lean mórán ó'n áit amuich sinn isteach [tar éis an phósta] — daoine muinnteartha. Do bhí amhráin flúirseach, agus rinnce ar siubhal agus gach uile ghreann, fuighleach dighe agus bídh go h-eadartha amáireach. Do bhailibh muinntir na tíorach leo.
>
> Dubhairt daoine go raibh cúig bliana déag roime sin ó phós oiread aon bhliain amháin. Do bhí obair agus gnó ar siubhal an chuid eile de'n mbliain. Bliain mhór éisc dob' eadh í. Ní raibh mairciréil ná gleamaigh ar siubhal ach iasc do bhí 'á mharbhú insa lá le báid mhóra agus saighne ins gach bád aca agus feirmeoirí na tuaithe 'á gceannach uatha.
>
> Do bhínn-se ag cleachtadh na scoile gach tráth go mbíodh a leithéid le fagháil againn nó go rabhas ocht mbliana déag. Ní raibh mór-ghnó sa bhaile díom ar feadh an achair sin mar do bhí dritheáir liom sa tigh agus

é pósta. Cailleadh a bhean san agus d'fhan beirt gharsún 'n-a diaidh. Do ghaibh mo mháthair leo nó go rabhadar chun reatha. Do chuaidh an dritheáir go Meirice.[13]

Is léir nách mó go maith a réitíd le chéile: Tomás a dhul thar n-ais ar scoil láithreach tar éis pósta do. Gan amhras, ní bheadh an chéad scríbhinn ag Tomás nuair a bheadh an dara ceann á sholáthar aige ná 'fhios aige conas a cuirfí le chéile iad. Theastódh níos mó ná alt nua mar chomartha ar an ndeighilt idir an dá insint. Mar aguisíní ar leithligh i ndeireadh an leabhair ab fhearr liom na breiseanna so a chur.

Cé nár ghlac Pádraig Ua Maoileoin leis an mbreis áirithe seo atá luaite agam, ghlac le caibideal a III "ní hamháin toisc gur bhraitheas é a bheith údarásach ach go bhfuil sé ar an gcuid is fearr den leabhar, chomh maith, le snoiteacht agus loimeacht inste ná fuil a shárú le fáil óna láimh lasmuigh de *Allagar na hInise* féin."[14] Níl aon amhras ormsa, leis, ná gur le Tomás é, cé ná molfainn chomh mór san ar fad é. Ceist eile atá orm ina thaoibh. Is é teideal a bhí ar an gcaibideal roimis sin "I nAois Scoile Dhom" agus "Scolaidheacht agus Fánaidheacht" ar an gcaibideal ina dhiaidh, agus is léir nár cheart do so a theacht eatarthu. (Is leis An Seabhac na teidil seo, gan amhras, mar is é a dhein caibidil díobh mar atá ráite cheana agam.) Ach ní hé sin ar fad é, mar tá rud eile fós a bhaineann leis. Mar seo a thosnaíonn sé, abair:

Níor mhiste, b'fhéidir, a chur síos annso beagán cúntais ar an bhfeiste bhí orainn san oileán so le linn m'óige-se; go mór mhór ó tá an saoghal a bhí ann an uair sin imithe agus gan a chuimhne ag aenne atá suas anois ach age beagán sean-daoine.[15]

Blas eile ar fad a gheibhim ar a leithéid seo seochas mar a gheibhim ar an méid atá ina thimpeall. Ní mar anlann leis an ngnáthshaol laethúil atáthar á chur so in úil dúinn ach mar chuid den tsaol atá thart agus ná fillfidh; saol is ea é ná baineann leis féin níos mó ach gur cuimhin leis é bheith ann. Is ag féachaint uaidh air atá sé mar a bheadh fear seanchais a bhailiú. "Insan am san", *in illo tempore*, i bhfad siar is ea é. Ní gnáthach le Tomás seasamh siar ón saol ar an gcuma so ná cur síos go fuarchúiseach mar seo air.

Déarfainn an rud céanna mar gheall ar an gcaibideal déanach. As téacs An tSeabhaic a bhainim an méid seo chun ná beadh aon ní agam á chur ina bhéal ná ina leith nách leis féin é. (Tá an bhunscríbhinn i Leabharlann an Daingin.)

Bhíodh an saoghal go maith an uair úd. Bhíodh scilling i láimh a chéile againn; biadh flúirseach agus neithe saor. Bhíodh an deoch saor. Ní le dúil sa dígh a bhíodh sainnt orainn dul 'n-a treo ach chun oidhche shúgach a bhaint amach i n-ionad an annróidh a bhíodh fachta againn go minic roimis sin. Do dheineadh braon a thógaint croidhe a chur ionnainn agus do bhíodh lá agus oidhche anois agus arís againn i bhfochair a chéile gach uair a bhíodh cao' againn air. Tá san imithe agus tá an mór-chroidhe agus an scléip ag dul as an saoghal. Thugaimís ár mbóthar abhaile orainn mar seo go mín macánta tar éis gach ragairne, mar bheadh clann aon mháthar gan díth ná díobháil a dhéanamh d'á chéile.

Do scríobhas go mion-chruinn ar a lán dár gcúrsaí d'fhonn go mbeadh cuimhne i mball éigin ortha agus thugas iarracht ar mheon na ndaoine bhí im' thimcheall a chur síos chun go mbeadh ár dtuairisc 'ár ndiaidh, mar ná beidh ár leithéidí arís ann.[16]

Ní dóigh liom gur ag cuimhneamh ar a leithéidí eile a bheith ann ina dhiaidh a bhíonn sé de ghnáth. Is mí-ámharach liom mar a glacadh leis an mana so agus mar a cuireadh i mbrollach an chéad chur amach riamh den leabhar é agus ar an leacht atá os cionn an Chriothanaigh anso thoir i mBaile an Teampaill. Is é a tharla, is dóigh liom, uair éigin idir Márta a 3, 1926, nuair a chríochnaigh sé an saothar an chéad uair, agus Meán Fómhair a 27, 1928, an dáta atá aige leis an méid sin thuas, gur cuireadh i dtuiscint do ar chuma éigin a éagsúlacht a bhí an saol aige agus gur thosnaigh sé ag scríobh air féin mar a scríobhfadh duine lasmuigh air. An plé a bhíodh aige leis An Seabhac a chuir an tuiscint seo abhaile air, ní foláir, más amhlaidh gur tuiscint nua aige í, mar is dóigh liom. Ní féidir baint leis an saol lasmuigh gan é a bhaint leat. Is geall le hantraipeolaí anois é á iniúchadh féin mar nár nós leis a dhéanamh roimhe seo. D'fhéadfadh an ní céanna a imeacht ar an antraipeolaí, gan amhras: cuimhnigh ar an méid a thug Margaret Mead léi go Samoa, más fíor, i dteannta an méid a thug sí léi as. Agus ní déarfainn ná gur imigh an galar céanna ar gach aon scoláire riamh a bhain an Blascaod amach, gach éinne agus a ualach féin, pé beag mór é, á iompar leis isteach aige. Ar aon tslí, an rud ná cuireadh Tomás aon iontas go dtí seo ann is mór an t-iontas anois leis é sa chaibideal déanach so. B'fhearr liom i bhfad i bhfeighil a ghnó féin é ná ag cuimhneamh ar an gcuimhne a bheadh ina dhiaidh air ag daoine nár leis iad — cé gur duine díobh me féin.

NÓTAÍ

1 Seán Ó Coileáin, "Tomás Ó Criomhthain, Brian Ó Ceallaigh agus An Seabhac" in Breandán Ó Conaire, eag., *Tomás an Bhlascaoid* (Cló Iar-Chonnachta Teo., 1992), lgh. 233-65 (262). Foilsíodh ar dtúis in Seán Ó Mórdha, eag., *Scríobh 4* (An Clóchomhar Tta, 1979).

2 Aon áit ná fuil a mhalairt ráite is ón lámhscríbhinn féin a réitíodh na sleachta a tugtar anso as *An tOileánach.*

3 An méid seo bainte as an gcuntas an-bhreá ar Sheán Ó Ceallaigh ('Sceilg') ag Diarmuid Breathnach agus Máire Ní Mhurchú, *1882-1982: Beathaisnéis a Trí* (An Clóchomhar Tta, 1992), lgh. 76-80 (79).

4 Na sleachta Béarla so thuas as Mogh Ruith, "A Sea-Bird's Egg", *The Catholic Bulletin XXIII* (July, 1933), pp. 562-573 (562, 571-2, 573). Gabhaim buíochas le Stiofán Newman, M.A., a chuir an aiste seo ar mo shúile dom.

5 An Seabhac, "Tomás Ó Criomhthain, Iascaire agus Ughdar",

Bonaventura, Summer 1937, pp. 24-31 (30). Tá an aiste seo curtha i gcló thar n-ais in *Tomás an Bhlascaoid* (nóta 1), 198-205. Is ait liom chomh crochta mínádúrtha agus atá cuid de chaint an tSeabhaic san aiste seo; cé gur Gaeilgeoir tofa ab ea é, is léir ná raibh aon taithí ar an dtráchtas liteartha aige.

6 Breandán Ó Conaire, "*An tOileánach* i gcló" in *Tomás an Bhlascaoid* (nóta 1), lgh. 266-82 (269-70).

7 *op.cit.* (nóta 5), p. 28.

8 Réamhrá le Tomás Ó Criomhthain, *An tOileánach*, eag. Pádraig Ua Maoileoin (Cló Talbot, 1973), lch. 8.

9 Máire Cruise O'Brien, "An tOileánach" in John Jordan, ed., *The Pleasures of Gaelic Literature* (Mercier Press, 1977), pp. 25-38 (36).

10 *op. cit.* (nóta 5), lch. 29.

11 Cathal Ó Háinle "Tomás Ó Criomhthain agus 'Caisleán Uí Néill'" in Pádraig Ó Fiannachta, eag., *Irisleabhar Mhá Nuad 1985* (An Sagart, 1985), lgh. 84-109 (98). Tá téacs na heachtra so cóirithe go slachtmhar ag an Ollamh Ó Háinle i dteannta na haiste aige.

12 *op. cit.* (nóta 5), lgh. 28-9.

13 *An t-Oileánach*, scéal a bheathadh féin do scríobh Tomás Ó Criomhthain, An Seabhac do chuir i n-eagar (Ó Fallamhain, Teo. i gcomhar le hOifig an tSoláthair, 1929), lch. 162.

14 *op. cit.* (nóta 8), lch. 8.

15 *op. cit.* (nóta 13), lch. 34.

16 *ibid.*, lgh. 264-5.

Eilimintí Traidisiúnta i Saol an Linbh ar an mBlascaod

Pádraig Ó Héalaí

I

Is dán é 'Cúl an Tí' a théann i bhfeidhm láithreach ar a lán dá léann é. Cur síos fileata atá ann ar dhomhan an linbh, fuinneoigín glé ar aois na hóige. Míníonn Seán Ó Coileáin ina mhórshaothar ar an Ríordánach, gurb é an spás fisiciúil atá i gceist le 'Cúl an Tí' ná an seomra breise ab'éigean a chur le tigh an Ríordánaigh tar éis dó teacht ón sanatorium den chéad uair.[1] Soiléiríonn an Coileánach, áfach, gur réimse samhailteach chomh maith é seo agus gan éachtaint le fáil ag aon duine ach file nó leanbh ar an draíocht a bhaineann leis:

> Má tá iontaisí le feiceáil ar an mbanc dramhaíl sa chúinne ann ní hé an chomharsa a fheicfidh ach an file nó na leanaí úd a raibh sé ag scríobh ina gcomhair ...[2]

Cuid den ghiglis aigne a bhaineann leis an dán is ea gur éirigh le Seán Ó Ríordáin dul isteach i ndomhan an linbh ann agus cuntas ón taobh istigh a thabhairt ar a raibh ina thimpeall:

> Tá Tír na nÓg ar chúl an tí,
> Tír álainn trína chéile,
> Lucht ceithre chos ag siúl na slí
> Gan bróga orthu ná léine,
> Gan Béarla acu ná Gaeilge ...[3]

In ómós do ghean an Ríordánaigh ar an taobh seo tíre, is cuí, tá súil agam, tagairt don dán seo i dtús ailt ar shaol an linbh ar an mBlascaod. Is baolach, áfach, gur cuntas ón taobh amuigh a bheidh á chur i láthair sa phíosa seo, mar gur ag féachaint isteach ar shaol an linbh a bheimid trí shúile scríbhneoirí agus sheanchas an Bhlascaoid. Tuigtear go maith do bhéaloideasóirí gur deacair, fiú agus an bailitheoir go dian sa tóir ar an ábhar seo, teacht ar sheanchas agus ar shaol príobháideach na leanbh:

> Much of children's folklore paints adults as outsiders indicating that children have a rudimentary sense of their position in the social hierarchy. To communicate this type of material to adults amounts to betrayal. In popular and scholarly usage alike, children have been compared to savages and treated as an enclave of primitive society lodged within the most highly developed societies.[4]

Samhlaíonn Iona agus Peter Opie leanaí le treabhchas coimhthíoch, aduain:

> The folklorist and anthropologist can, without travelling a mile from his door, examine a thriving unconscious culture which is unnoticed by the sophisticated world, and quite as little influenced by it as is the culture of some dwindling aboriginal tribe living out its helpless existence in the hinterlands of a native reserve.[5]

Anois, ní foláir a rá ón tús nach ag iarraidh rún ná diamhaireacht staid na leanbaíochta a léiriú a bhí scríbhneoirí ná bailitheoirí bhéaloideas an Bhlascaoid, agus dá chomhartha sin, is eolas seachtrach faoi shaol an linbh — cuimhne an duine aosta ar shaol an linbh — agus go háirithe, an chuid den saol sin ina mbíonn an leanbh i dteagmháil le daoine fásta, a chuirtear os ár gcomhair sna cuntais seo.

II

Ar an mBlascaod, ach oiread le háiteanna eile, léiríodh trí fheisteas an linbh, an dul chun cinn a bhí á dhéanamh aige le linn dó bheith ag neartú agus ag fás. De réir a chéile d'fhágadh sé ina dhiaidh balcaisí an naíonáin agus chuirtí feisteas air a measadh a bhí níos oiriúnaí dá aois. Ón uair a bheadh sé an leathbhliain agus go gceapfaí go raibh sé cruaite a dhóthain, bhaintí de na bindealáin a filleadh timpeall air go luath tar éis é a shaolú:

[Nuair a bheadh an leanbh saolaithe] gheobhaidís píosa éadaigh — trí nó ceathair d'orlaí maithe ar leithead ann, ach bhíodh sí fada. Agus thosnófaí thuas ansan ag poll ascaille leis agus dh'fháiscfí é, ní dh'fháiscfí mór é, abair, dh'fháiscfí timpeall síos ar fad é, síos thar a imleacán síos ansan go dtí bun a bhoilg. Agus má bheadh sé spártha dh'iompófaí aníos arís é agus ansan chuirfí biorán ann agus bheadh sé *alright* ansan. Bhuailfí go dtí an mháthair ansan é.

... Bheadh an leanbh ag tarrac ar bhliain nó ar leathbhlian ach go háirithe sara mbainfí de é. Dh'fhanaidís go dtí go mbeadh na heasnaíocha beaga agus gach aon ní láidir ann, agus chun ná tiocfadh bolg mór air agus ná titfeadh na putóga síos ... choimeádfaí gach aon ní sa bhfoirm cheart.[6]

Bheadh stráice [plainín] aniar thar dhrom an linbh go ceann leathbhliana mar bheadh an droimín lag aige. Bheadh banlámh plainín casta aniar ar a chom, ag dul suas féna ascalla istigh sa chliabhán.[7]

In am tráth thagadh deireadh le tréimhse bháscóta na bunóice — an léine a bhíodh lasmuigh ar an leanbh sa chliabhán:

Bheadh dhá léine bheag déanta roimh ré, ceann de bheaifití gheal a bheadh lena chneas agus ceann eile a mbeadh dath gorm nó dath éigin eile air lasmuigh. Bháscóta bunóice a thugtaí ar an gceann a bhíodh lasmuigh.[8]

Nuair a d'fhágadh an leanbh an cliabhán d'fhágadh sé slán chomh maith leis na bhfallaing a bhíodh ina thimpeall istigh ann:

Istoíche a bhíodh an fhallaing air. Bhíodh sí mór fada agus bhíodh sí sa tslí ná tiocfadh sí aníos dá chosa beaga sa chliabhán.[9]

Fallaing déanta de phlainín a bhíodh ar an leanbh. Scaoiltí seanbháscóta lena athair agus deintí dhá fhallaing de i dtreo is go mbeadh ceann tirim ag an leanbh i gcónaí.[10]

Cóitín cabhlach a bhuailtí ansin ar an leanbh, idir bhuachaillí agus chailíní. Is ón séú céad déag ar aghaidh a d'éirigh sé coitianta ar fud na hEorpa cóitín — sciorta nó gúna mar a bhíodh ar a ndeirféaracha agus a máithreacha — a chur ar gharsúin bheaga. Roimhe sin bhídís feistithe mar a bhíodh a n-aithreacha ach tháinig sé sa bhfaisean i measc na n-uasal sa bhFrainc sa chéad leath den séú céad déag gur tosaíodh ar bhuachaillí beaga a ghléasadh i sciorta fada síos go talamh. Tá an tuairim curtha chun cinn gur léiriú é an cleachtas seo ar thuiscint nua a bhí ag fás ag an am sin maidir le tábhacht an linbh féin, agus áitítear gur shlí é seo le haitheantas nach mbíodh i gceist roimhe sin a thabhairt do thréimhse na hóige i saol an duine — óige an fhireannaigh go háirithe:

Nothing in medieval dress distinguished the child from the adult. As soon as the child abandoned his swaddling band ... he was dressed just like the other men and women of his class. In the seventeenth century, however, the child or at least the child of quality, whether noble or middle-class, ceased to be dressed like the grown ups. This is the essential point: henceforth he had an outfit reserved for his age group, which set him apart from the adults ... This is the dress of the youngest boys ... dressed exactly like their sister, that is to say, like little women, in skirt, robe and apron ... it had become customary in the sixteenth century to clothe them like girls.

... These customs distinguishing between children's clothing and adult clothing reveal a new desire to put children to one side, to separate them by a sort of uniform ... The adoption of a special childhood costume, which became generalized throughout the upper classes as from the end of the sixteenth century, marked a very important date in the formation of the idea of childhood ... It is interesting to note that the attempt to distinguish children by their clothing was generally confined to boys.[11]

De réir a chéile leath sé mar nós ó na huaisle go dtí an ngnáthphobal i mórán dúichí san Eoraip, buachaillí beaga a fheistiú in éide banúil. In Éirinn, mar aon le tíortha eile, d'imigh an nós i léig go tréan tar éis an Chéad Chogadh Domhanda, ach mar is léir ón ngrianghraf a thóg Carl von Sydow ar an mBlascaod c.1924 (féach thall, lch 49) bhí an cóta cabhlach fós á chaitheamh ann san am sin.

I bhfad na haimsire d'fhás a sheanchas féin faoin gcóitín cabhlach — tháinig an tuairim chun cinn, mar shampla, gurbh é an bunús a bhí leis an nós garsúin a chóiriú i gcóta, ná iarracht ar iad a chosaint ar na sióga, ag tabhairt le fios mar dhia, gur cailíní seachas buachaillí iad. Níl aon cheist ná gur tuigeadh go traidisiúnta go raibh bagairt faoi leith ó na sióga ar gharsúin bheaga seachas mar bhí ar chailíní, ach ní móide in aon chor go raibh aon bhaint ag an tuiscint sin leis an gcóitín cabhlach a bheith á chaitheamh ag garsúin. Tá sé soiléir ón bplé a dhein Séamas Mac Philib ar an gceist seo gur scáinte í an fhianaise ón mbéaloideas in Éirinn nó i dtíortha eile ar an tuiscint sin ar ról an chóta.[12] Léiríonn sé gur cúrsaí faisin seachas eagla púcaí a thug chun cinn ar dtús é mar éide garsúin, agus nach móide ach an oiread go raibh aon bhrí dhraíochtúil i gceist leis an dath dearg a bhíodh ar an gcóitín

Ar cúl (ó chlé): Mary 'Cheáisí' Ní Chearnaigh, Mary Pheats Tom Ní Chearnaigh, Peig Ní Chatháin ('Buffer'), Hanna Pheats Tom Ó Cearnaigh, Mary Mhaidhc Léan Ní Ghaoithín, Isabella Savage, Cissy Savage. Chun tosaigh (ó chlé): Cáit 'Cheáisí' Ní Chearnaigh, Eibhlín Pheats Tom Ní Chearnaigh, Maurice Mhaidhc Léan Ó Gaoithín, Teresa Savage. Carl von Sydow a thóg. *Le caoinchead ó Roinn Bhéaloideas Éireann, Ollscoil na hÉireann, Baile Átha Cliath.*

uaireanta.

Tá cruthúnas, áfach, i seanchas an Bhlascaoid ar an tuiscint go raibh cumhacht agus bua cosanta luaite le dathanna áirithe ar fheisteas linbh. Tá, mar shampla, an méid seo ráite ag Peig Sayers:

Le linn m'óigese is é an dath a bhíodh ar bhalcaisí leanbh acu ó bhídís ina mbunóca go n-éirídís suas go maith, duileascach na gcloch. Chloiseas Máire Chonaill a bhí anso thíos á rá, aon leanbh a chaithfeadh trí baill i ndiaidh a chéile de dhath duileascach na gcloch, nár bhaol dó é a sciobadh ná aon phoc a bhualadh air.[13]

Dath buí crón nó dath na meirge, ba choitianta a bhaintí as duileascach na gcloch.[14] Go deimhin, bhí an tuiscint ann gur dath mí-ámharach é dath dearg ar éadach, mar a fheictear ón sliocht seo ó Mhícheál Ó Gaoithín:

Ní raibh aon éadach á chaitheamh go raibh cur ina choinne chomh mór le héadach dearg. Níor mhaith le héinne é fheiscint ar ghearrchailí. Deiridís gur dath gránna mírathúil é agus go mbíodh an daoine maithe i ndiaidh éinne a bheadh á chaitheamh.[15]

Tugann sé le fios gur bhain baol speisialta leis an dath dearg i gcás an linbh a mbeadh dearthaireacha nó deirfiúracha leis fachta bás roimhe .i. leanbh go raibh baol faoi leith ag bagairt air:

Éadach dorcha dubh do chuirtí air ar dtús nuair a éiríodh sé suas. Ní fhágfaí aon éadach dearg ina thimpeall. Dá ba leanbh gearrchaile a bheadh i gceist do gheobhadh sí an cóiriú céanna nó go mbeadh sí isteach is amach i measc gearrchailí an bhaile, agus an uair sin féin, ní lobhálfaí di aon ní i bhfoirm an deirg a chaitheamh.[16]

Is cosúil, afach, nach raibh an col céanna ag gach aon duine le dearg a chur ar leanbh. Léiríonn an eachtra seo thíos ó Pheig Sayers go raibh a lán tuismitheoirí breá sásta dearg a bheith ar a leanaí — in ainneoin an tsagairt féin a bheith ag fógairt an dainséir a bhain leis, mar a thuairiscítear anseo:

Trí rátha a bhíos féin an uair sin agus thall sa tseanbhothán so thall a bhíos. Ach bhí na *stations* sa tigh agus sin béas a bhí an uair sin ann — d'fhanadh na seanphlandaí go léir tar éis na coda eile ag éisteacht leis an sagart agus ag tabhairt aighnis dó. Nuair a bhí an tAifreann agus gach aon ní i leataoibh agus an bricfeasta á chaitheamh ag na sagairt, do bhí mo mháthair suite sa chúinne agus an cliabhán laistiar di. Bhí Fr. Egan ar thaobh den mbord agus an *coadjutor* ar an dtaobh eile. Tá siad go léir ag Dia anois agus go dtuga Dia dhóibh a bheith.

Bhíodh caipíní ar na leanaí an uair sin. Bhíodh *bonnet turkey red* ar na gearrchailí agus bhíodh caipín ar na garsúin go mbíodh a mhullach dearg agus cliatháin ghorma ann ... Pé gíotáil a bhí orm fhéin sa chliabhán, d'fhéach an sagart suas. Bhí Máire Ní Dhuinnshléibhe [Méiní] istigh agus bhí Máire an-dheisbhéalach.

Ach nuair d'fhéach an sagart orm féin: 'Caith anuas,' a dúirt sé, 'an caipín dearg san agus dein di *bonnet* bhán go mbeidh ballín dubh ann.'

Go dtí gur cailleadh í bhíodh sí ag eachtraí air.

'Sin é an saghas,' arsa mo mháthair, 'a bhíonn anso riamh againn.'

'Á, a bhean,' ar seisean, 'ná fuil a fhios agat go mbíonn na *fairies* i ndiaidh an deirg.'

Is é an gheimhreadh a bhí ann, *stations* na Samhna a b'iad iad, mar bhí carbhat mór dearg fén sagart féin. Bhí Máire Ní Dhuinnshléibhe ag éisteacht leis agus chroith sí í féin.

'Nach maith ná fuil siad i do dhiaidh féin agus tá

carbhat breá dearg fút, a athair,' a dúirt sí. D'iompaigh sé
de dhroim a ghualann siar uirthi.

'Mhuise, nára slán scéal duit,' a dúirt sé. 'Ná fuil a
fhios agat a bhean ná fuil aon chuid acu ná go mbeinnse
maith mo dhóthain dóibh agus nach mar a chéile mé
agus an bhean bhocht so anso, í féin is a leainbhín.'

Tháinig sórt feirge air. Ar mh'anam gur éist Máire.[17]

Tuairim eile a bhí sa timpeall maidir leis an gcóitín is ea gur ar
mhaithe le héascaíocht i gcúrsaí leithris a bhíodh sé á
chaitheamh. Thuigfí go raibh bunús áirithe leis an tuairim seo
ón gcuntas atá ag Tomás Ó Chriomhthain in *An tOileánach*, ar
an deacracht a bhí aige an bríste glas a ionramháil nuair a
cuireadh air in áit an chóta den chéad uair é :

Sea, turas dár thugas go dtí an tine, d'fhéach mo
mháthair orm agus chonaic sí an bríste glas fliuch báite.
'T'anam gléigeal,' ar sise, 'cad a fhliuch do bhríste?
Bíodh geall gurb é do mhún a dheinis ann.' Dúrt léi
gurbh é, agus go ndúrt le Nóra na cnaipí a scaoileadh
dom agus nár dhein ... Ghabh m'athair chun an bhríste
arís — mar is é a dhein ar dtúis é — agus shocraigh go
cliste é, go raibh sé oiriúnach chun gnótha as sin amach
gan aon dua.[18]

Fiú munarbh éascaíocht i gcúrsaí leithris ba bhun le nós an
chóitín a theacht chun cinn sa chéad áit, is cinnte gur
mothaíodh go raibh áis ag baint leis sa réimse seo:

Bhíodh cóta á chur orthu ... Ní chuirfí aon treabhsar
orthu ná aon rud mar sin. Mar is é an scéal ag buachaillí
beaga é, an dtuigeann tú, bheadh sé de shíor nuair a
thiocfadh a chúram chuige, ag scaoileadh uaidh, agus dá
mbeadh an treabhsar air bheadh an-*job* aige é bhaint de
ach nuair a bheadh an cóitín air níor ghá dó ach suí síos,
an dtuigeann tú, agus a chúram beag a dhéanamh ... Dá

mbeadh an treabhsar beag air chaithfí bheith ag ní i gcónaí dó.[19]

Tairseach aitheanta in óige an gharsúin ba ea an t-athrú a dhéanadh sé ag aois áirithe ón bhfeisteas banúil seo go feisteas na bhfireannach. Is léir ón gcuntas atá ag Tomás Ó Criomhthain gurbh ócáid mhór ríméadach dó féin an t-aistriú a dhein sé ó chóta de ghlas na caorach go dtí an bríste a shocraigh a athair go cliste dó:

> An lá a cuireadh an bríste orm chailleas mo mheabhair, nach mór. Ní raibh aon stad agam le déanamh ach mar a bheadh ag coileán cú. Cheapas nár ghá dom faic a ithe, agus níor dheineas, ach ag rith amach agus isteach, anonn agus anall. Bhíodh duine éigin ag faire i mo dhiaidh ...
> Ocht mbliana a dúirt mo mháthair a bhíos an lá sin. Lá arna mhárach b'eo liom ar fuaid an bhaile, agus Eibhlín in éineacht liom ó thigh go tigh. Nós é sin a bhí an uair sin ann, nuair a bheadh ball nua nó culaith nua ar gharsún, dul i ngach tigh. Bheadh pingin nó dhá phingin le cur i do phóca i ngach tigh. Ar theacht dúinn bhí trí scillinge sa phóca glas.[20]

B'fhógra soiléir don gharsún ar a thábhacht féin mar dhuine é, an t-aitheantas a tugadh don fhorbairt fhisiciúil a bhí ag tarlú dó nuair a mhalartaíodh sé an cóiriú páistiúil ar fheisteas na bhfear. Mar is léir ón gcuntas thuas, cuireadh go mór le tábhacht na hócáide i súile an linbh de bhrí gur thug an pobal aitheantas dó i bhfoirm bhronntanais cheiliúrtha agus chomhghairdeachais. Ócáid cheiliúrtha ar fhorbairt an gharsúin ba ea an t-athrú seo agus léiríonn an nósmhaireacht a lean í an stádas breise a bhí ag garsúin seachas mar bhí ag cailíní, sa mhéid nár tugadh a leithéid d'aitheantas in aon chor d'fhorbairt an chailín. Tá rud beag íoróine dá réir sin ag baint le ról a dheirféar, Eibhlín, i gcuntas an Chriomhthanaigh —

gan inti ach mar bheadh banóglach ag tionlacan an ghaiscígh.

Ocht mbliana a deir Tomás Ó Criomhthain a bhí sé nuair a d'aistrigh sé ón gcóta cabhlach go dtí an bríste agus, is cosúil ar fuaid na tíre trí chéile, go raibh seacht mbliana coitianta mar sprioc leis an aistriú seo a dhéanamh.[21] De réir chuimhne Sheáin Pheats Tom Uí Chearna (1913-96), trí nó ceathair a bhíodh na garsúin a bhí suas lena linn féin nuair a dheinidís an t-aistriú seo, 'ach an dream a bhí romhainn anois, agus le linn m'athar agus iad san, bhídís ina mbroicealaigh móra groí, bhídís is dócha seacht nó hocht de bhlianaibh agus fós an cóta cabhlach orthu.'[22] Tá cuntas ag Mícheál Ó Gaoithín ina maíonn sé gur mhinic buachaillí a bheith sna déaga nuair a chuirtí an bríste orthu:

Bhíodh na garsúin an-mhór lem linnse sul a gcuirtí bríste ná casóg orthu. Gúna mór de phlainín glas a bhíodh orthu agus téip dubh lena bhóna agus le barr na muiriltí, cnaipí móra ina *row* anuas ina dhrom agus nuair a bhíodh an Domhnach ann bhíodh bib ghléigeal ar gach garsún agus b'é an dála céanna ag dul ar scoil — bhíodh an bhib bhán ar gach garsún ... Nuair a thagadh na garsúin ón scoil do bhainidís dóibh an bhib bhán.

Bheadh ionadh ar mhuintir na háite seo inniu dá bhfeicfidís stráice garsúin mór ard, sna déagaibh de bhlianta, agus a chóta mór glas air mar a bheadh ar ghearrchaile. Ach ní dhéantaí aon nath an uair úd de mar is é a bhí ar gach garsún nó go dtosnaídís á mbearradh féin leis an rásúr.[23]

Bhíodh cleas a imrítí go minic ar gharsúin nuair a bhíodh na cótaí á gcaitheamh acu mar a thuairiscíonn Seán Pheats Tom Ó Cearnaigh:

Ach níl aon rud is mó a mharaíodh sinne agus sinn inár ngarsúin agus na cótaí orainn, ach nuair a bheimis bailithe in áit éigin, abair, agus b'fhéidir go mbeadh

alfraits éigin ann, leaid a bheadh níosa mhó, agus ...
sháfadh sé chugat agus chuirfeadh sé lámh féd chóta
agus déarfadh sé: 'Fhéach é, fhéach é!' Bheifeá i gcás idir
dhá chomhairle ansan aige agus ní bheifeá sásta.
B'fhéidir go siúlófá amach ... agus thógfá in airde do
chóitín, féach an raibh sé ann ... Ach bhí garsún amháin
ann agus bhí sé mór groí, bhí sé am baist ina bhalcaire,
agus dhéantaí i gcónaí leis é an áit go mbeadh cailíní
agus deirtí leis go raibh sé imithe uaidh. Thógadh sé in
airde a chóta: 'Fhéach thá sé agam fós mhuis,' a deireadh
sé. Bhíodh an-chaitheamh aimsire acu, abair, ar a gcuma
féinig, ar a slí fhéinig.[24]

Níorbh iad na leaideanna ba mheasa chuige dhuit ach na
slatairí móra, b'fhéidir go bhfaigheadh slataire mná
chugat, bean go mbeadh diablaíocht ina bolg, abair, thart
ar chleasanna, chuirfeadh sí a láimh chugat; th'anam don
diabhal agus thógfadh sí amach a láimh, 'Fhéach é!,' a
déarfadh sí leat. Th'anam don diabhal, bheifeá ag
féachaint ... an chéad rud eile thógfá in airde do chóta,
thógfá in airde do chóta, am baiste déarfá 'Fhéach é!', a
déarfá fhéin ansan agus é i do láimh. Sin é mar bhídís.[25]

Tá cur síos ag Micheál Ó Gaoithín ar thairseach eile i bhforbairt
an linbh agus culaith nua éadaigh mar chomhartha léi chomh
maith, is é sin, nuair a bhí deireadh le scoil ag an ngarsún óg
agus é anois ag díriú ar stádas duine fásta. Bheadh sé, b'fhéidir,
cúig déag nó sé déag de bhlianta an uair sin. Léiríonn an nós
seo arís an stádas difriúil a bhí ag garsúin thar chailíní sa
phobal mar gur garsúin amháin a fuair an t-aitheantas seo:

Bhíodh nós ann le mo linnse agus chuala go mbíodh an
nós céanna ann romham. Ach is fada go bhfaca á
chleachtadh é. Tá sé imithe is baolach mar a lán nósanna
nach é. An chéad chulaith éadaigh nua a chuirfeadh
garsún óg air féin tar éis na scoile dh'fhágaint, do

rachadh sé ó thigh go tigh ag taispeáint an éadaigh. Níl aon tigh dá rachadh sé ná go bhfaigheadh sé beannacht chóir 'Go mairir is go gcaithir í agus céad culaith is fearr ná í.' Dhéantaí leibhéal mór ar an slataire. Chastaí an ghirseach seo nó an ghirseach úd leis.

Nuair a bheadh sé ag fágaint chuirtí cúpla pingin ina phóca mar chomharthaí séan maith a bheith leis. Is minic a chuireadh slataire suas d'iad a thógaint ach deireadh seanbhean an tí: 'Mo ghrá thú, tóg iad. Aon rud a gheobhair i bpáirt maitheasa glac é. Ná bris acht agus ná dein acht. Ní chun stóir ná saibhris atáthars á thabhairt duit ach ag coimeád beoaíocht ar an sean-nós a bhí riamh ár measc.'

Ní fhaca riamh an nós san á chleachtadh ag na gearrchailí ná níor chuala go raibh sé de nós acu riamh.[26]

III

Bhí forbairt an linbh á fhógairt chomh maith ag an gcothú a bhíodh le fáil aige. Bheadh an leanbh á chothú ar bhrollach a mháthar i dtús a shaoil: 'Is ar an mbrollach a thógaidís na leanaí go dtí le fiche éigin bliain anseo. Ní bhíodh buidéil ná pípeanna acu.'[27] Ceithre bliana a deir Tomás Ó Criomhthain, san *Oileánach*, a bhí sé nuair a baineadh de dhiúl é agus míníonn sé go raibh sé chomh críonna sin toisc gurbh é an duine deireanach den ál é.[28] Is cosúil, áfach, nár rud eisceachtúil ar fad leanbh den aois sin a bheith á chothú ar bhrollach a mháthar san am úd: 'Bhíodh na leanaí sa tseanshaol ag tabhairt seáp fé chíocha a máthar agus iad ceithre bliana d'aois.'[29] Luann Seán Sheáin Í Chearnaigh gaiscíoch fir de mhuintir Chearna ar an Oileán, a bhí cúig bliana sular baineadh de dhiúl é agus tá sé le tuiscint ón gcuntas go raibh baint ag an tamall fada a thug sé ar an mbrollach leis an lúth agus agus an neart a bhí ann ina fhear fásta.[30]

Don ghlúin lenar bhain Peig Sayers, áfach, is dealraitheach go raibh dhá bhliain mar uasteorainn le cothú linbh ar an mbrollach:

Bhíodh leanaí go mbeidís dhá bhliain ag dul ar bhrollach a máthar sa tslí go mbíodh sí stracaithe as a chéile acu. Bhíodh leanaí eile ag glaoch 'peata na gcíní, peata na gcíní' ar leanbh mar sin.[31]

Bhíodh na banaltraí féin ag magadh faoi leanaí a bheadh cúpla bliain níos sine ná sin, iad ag tairiscint bainne cíche dóibh, mar dhia go raibh spéis fós acu ann:

Is minic a chuas isteach i dtigh go mbeadh leainbhín óg ann, saolaithe le coicíos agus nuair a rachainn isteach b'fhéidir go mbeadh sé ar a brollach aigena mháthair. Ach le rógaireacht a bhíodh uirthi, ná thógadh sí an leanbh den mbrollach agus deireadh sí liomsa teacht aníos agus an brollach — ara, bheinnse trí nó ceathair nó cúig de bhliana an uair sin. [32]

Le linn dó bheith ar an mbrollach dhéantaí an leanbh a bhréagadh le ceirtín siúcra:

Sin rud eile a chínn. Bheadh an leanbh cruaidh agus nuair a chuirfí isteach i gcliabhán é, b'fhéidir go dtosnódh sé arís ag lorg. B'fhéidir go mbeadh an mháthair an-chúramach nó imithe ar an gcnoc, agus ná beadh istigh ach gearrchaile nó duine éigin agus is é an t-ordú a bheadh acu an dtuigeann tú, ceirt bheag a fháil agus siúicre a chur istigh inti agus í a chur síos in uisce bog ar dtúis, agus í a bhogadh agus í a chur siar ina bhéal ansan. Bheadh coirdín beag ceangailte de agus biorán ann ar eagla go dtabharfadh sé an cheirt siar ina bhéal. Bheadh sé ag súpláil an siúicre ansan go dtitfeadh a chodladh air.[33]

Bheadh greamanna beaga á dtabhairt don leanbh de réir mar a bheadh sé ag cruachan:

> Bhíos i mo pheata ina theannta sin. Ceathrar deirféar agam agus gach duine acu ag cur a ghoblaigh féin i mo bhéal. Bhíos mar a bheadh gearrcach éin acu. [34]

> Gheobhadh sé ubh circe i gcónaí agus nuair a bheadh sé ag crua suas ansan gheobhadh sé ubh circe agus bhuailfí é agus braon bainne agus gráinne siúicre agus mheascfaí suas go maith é agus thabharfaí é sin dó le n-ól, mar dhia, go neartódh an t-ubh é. Ó, bhí an-mhuinín acu as uibhe cearc. [35]

> Ó leath bhliain amach bheidís ag cur blúiríocha beaga ina bhéal chuige, ach dá ba leanbh mic é, ní bhlaisfeadh aon duine aon ghreim sa tigh gan é a chuimilt dona bhéal ar dtúis, mar mian mic a shúil. Is é an chéad bhia a gheobhaidís arán bán fáiscthe aníos as uisce agus é curtha ag beiriú in uisce is bainne … le gráinne beag siúcre — *goody*. Thugaidís é sin do le spiúnóigín maide. Iad féin a dheineadh na spiúnóga seo le scian. Dheinidís i gcóir Domhnach Cásca iad chun na n-ubh a dh'ithe. Dheineadh gach aon gharsún a spiúnóg féin.[36]

Thugtaí an bia do leanbh le sliogán chomh maith:

> Sliogán go raibh bas beag air, gheofá ar an dtráigh é … sliogán bairní. Bhí sliogán eile ann … gheofá thíos ar an dtráigh leis é, rudaí fada bána … sceana mara. Bhíodh cuid acu san a bhíodh an-dheas, go mbíodh bas beag air agus chuirfí blúire beag ina bhéal leis sin. [37]

D'fhéachtaí le dúil in iasc a chothú sa leanbh:

> Agus ansan nuair a thosnódh sé ag crua agus é istigh sa

chliabhán, gheofaí cnámh éisc agus bhuailfí ar a bhéal é, an dtuigeann tú, chun blas an éisc, mar dhia, a chur ina bhéal chun go dtiocfadh dúil san iasc aige.[38]

Bhí pleananna éagsúla ann chun an leanbh a chur de dhiúl:

Is minic gurb é an rud a dheineadh an mháthair an tigh a fhágaint ar feadh cúpla lá chun go n-imeodh a cuimhne as ceann an linbh. Cleas eile ná súiche a chuimilt ar cheann an chí agus nuair a théadh an sú i mbéal in linbh thagadh col aige leis an mbainne cíche. Sin mar a chuirid cosc leo.[39]

Tá cuntas breá ag Máire Ní Ghaoithín ar an gcóiriú a bhíodh ar bhéile na leanaí agus iad ag fás suas:

Bhíodh an t-iasc briste mionaithe as a chéile do na leanaí ar a bpláta féin agus prátaí brúite agus braon de shúp an éisc caite anuas orthu. Bhíodh muga bainne nó uisce ag gach duine. Sáspain bheaga stáin nó mugaí beaga *enamel* bán a bhíodh ag na leanaí beaga. Mara mbeadh an bainne ann d'ólaidís uisce nó súp an éisc úr. Ní bhíodh scian ná forc ag aon duine ach ag ithe leis na méireanta agus ag scamhadh na bprátaí leo chomh maith...

Nuair bhímis ag dul ag ithe, chaithimis sinn féin a choisreacan agus tar éis a bheith ite againn chomh maith. Bhaineadh na fearaibh agus na garsúin a gcaipiní díobh ag dul ag ithe ... Nuair a thosnaigh clann na seandaoine a bhí imithe go Meiriceá ag teacht abhaile agus na stróinséirí ag fanacht sna tithe, tógadh an leathphaca garbh den mbord aimsir dinnéir agus cuireadh na prátaí ar mhéis mhór stáin nó ar *thray* mór ar an mbord. Tugadh scian agus forc do gach duine; bhí sé sin go maith do na leanaí mar nuair a raghaidís ag ithe 'on Daingean nó in aon áit, d'fhéadfaidís ithe le scian agus forc chomh maith le cách agus a muintir chomh maith.[40]

Shuíodh fear an tí ag ceann an bhoird i gcónaí agus bhíodh cathaoir speisialta sa tigh aige. Cathaoir mo Dhaid, a thugaimis uirthi. Bhíodh an mháthair ag an taobh agus an bord isteach leis an *settle* agus an chlann istigh ar an *settle*. Ní bhíodh aon phaidir ann roimh bhéile ach choisrídís iad féin.[41]

IV

Ritheann sé go héasca linn, is dócha, soineantacht agus aoibhneas a shamhlú leis an óige. Tá na tréithe seo le brath go láidir ar an gcuntas a thugann Tomás Ó Criomhthain ar shaol an linbh ar an mBlascaod, agus in aois seo an chaithimh aimsire leictreonaigh, níor thógtha orainn, b'fhéidir, bheith maoithneach faoin gcuileachta fholláin, bunaithe ar an dtimpeallacht nádúrtha, a bhí ar fáil do leanaí an Oileáin. Léiriú maith ar chaitheamh aimsire den sórt sin is ea an nós a bhíodh ag garsúin bheaga ar an mBlascaod peataí a dhéanamh d'fhaoileáin óga, rud a thuairiscíonn an Criomhthanach:

Tháinig lá an-bhreá; lá Domhnaigh a b'ea é. Thug rud éigin bád mór ó Dhún Chaoin isteach; ní raibh aon chur amach ar naomhóga an uair sin ná is fada ina dhiaidh go raibh. Nuair a shroich an bád an caladh dúirt na daoine go raibh bean uasal inti, ach b'í bean í ná an mháistreás scoile. Ar chlos an scéil sin domsa níor chuir sé puinn suilt orm mar sin é an t-am díreach a bhíos ag tosnú ar bheith ag imeacht ag slataíocht dom féin ó thráigh go cnoc, agus gan aoinne ag faire i mo dhiaidh an uair seo mar bhíos i mo chleithire fir, dar leo, slat bheag agam agus duán ceangailte ina barr. Bhíodh fiche donnán bainte amach as poill ag gach garsún againn, seilg neamh-mhaitheach, ach bhíodh peataí faoileann againn agus bhíodh na donnáin an-áisiúil dóibh.

Sea, Dé Luain tar éis bia na maidine a bheith caite ní

raibh fear an bhríste ghlais le fáil. Cuireadh Máire amach ar a thuairisc, ach thug sí cuntas chun na máthar go rabhas ag lorg donnán, agus beirt in éineacht liom, Seán Mháiréad agus Micil Pheig.

'Bíodh an lá inniu leis, agus go raibh m'anamsa ag Dia amárach má shleamhnaíonn sé gan fhios dom!' ar sise. Thánga go dtí mo ghullaí, thugas mo chuid donnán di. Nuair a chuas isteach ní rabhas chomh mórtasach agus a bhínn laethanta eile. Bhraitheas an líon déanta ag mo mháthair dom.[42]

Níor shoineantacht ar fad an obair seo, áfach. Bhíodh na leanaí á gcur féin i mbaol timpeall na bhfaoileán óg agus bhíodh imní dá réir ar a dtuismitheoirí fúthu: 'Féach an teallaire seo,' a dúirt a mháthair le Tomás Ó Criomhthain, 'ag imeacht i rith an lae ó mhaidin agus é i gcontúirt dul ar bhior a chinn síos i bpoll éigin ag soláthar éisc dá ghullaí.'[43] Níorbh aon bhagairt gan bhonn aici an méid seo mar féach gur tharla sé ina dhiaidh sin don mhac ba shine a bhí ag Tomás féin, gur tóraíocht ghullaí ba thrúig bháis dó.[44]

Lean dainséar áirithe chomh maith gnéithe eile den tseilg agus den tráiteoireacht a bhíodh ar bun ag leanaí an Oileáin. Mar shampla, ba bhéas leo dul sa tóir ar uibhe na n-éanlaithe fiáine agus, ar ndóigh, thabharfadh san i ndrocháiteanna iad. Tá cuntas ag Mícheál Ó Gaoithín ar an gcuthach feirge a bhí ar a athair chuige i dtaobh gur chuaigh sé i mbaol a anama ag iarraidh teacht suas le huibhe faoileán:

Nuair a thána abhaile níor ghreas mholta do thug m'athair dom as saothar mo lae, ach is amhlaidh a bhris sé gach a raibh d'uibhe faoileann agam amuigh ar an leic, go dtí aon cheann amháin.

'Is beag a bheadh orm,' ar seisean,' nó dhéanfainn an dálta céadna leis seo, ach tá sé ráidhte riamh gur mian mic a shúil. A gharsúin,' ar seisean, 'bíodh deire agat leis an obair seo nó ní bheidh sa tigh seo ach tusa nó mise.'

Bhíos chomh cráite le scadán rósttha, ach do bhí fhios agam go maith go raibh an ceart ag m'athair agus ná raibh sé ach ag cur eagla orm.[45]

Bhí tarraint mhór sa tráigh do leanaí an Bhlascaoid agus ba mhór an t-aoibhneas agus an sásamh a bhainidís aisti:

Bhailídís le chéile gasra acu, garsúin agus gearrchailí agus b'í an Tráigh Bháin a stáitse. Tráigh bhreá ab ea í agus gainimh an-ghlan an-gheal uirthi — gainimh bhreá thirim ag bun an phoirt ag an mbarra taoide.

Dhéanadh na gearrchailí caisleáin den ngainimh i gcóir chasadh na taoide agus bhíodh píosaí gloiní agus seanáraistí briste acu, mar dhia gur áraistí cearta a bheadh acu á úsáid. Bhí leac mar bhord acu agus sliogáin mar chupáin agus iad chomh gealgháireach agus gur tigh ceart a bheadh acu.

Thugaidís cuireadh do na mairnéalaigh óga a bhíodh tamall uathu agus báid mhóra ghainimhe déanta acu i gcóir chasadh na taoide. Théadh na mairnéalaigh óga seo go dtí na caisleáin agus bhídís ag déanamh spóirt ann nó go mbíodh an t-uisce timpeall na mbád. As go brách leo [ansan] go dtí na báid agus d'fhanaidís ar bord nó go leagadh an t-uisce an bád. Bhíodh na gearrchailí ar bord na mbád seo ag déanamh aithris ar sheanmhná an Oileáin ag dul don Daingean d'fharraige. Is minic a bhíodh bróga fliucha ar an gcuid a bhíodh fásta suas ag fágaint na trá seo.[46]

Bhíodh báid bheaga déanta ag na gársúin chomh maith agus comórtas eatarthu féachaint cén ceann is fearr a chruthódh ar an bhfarraige:

Ach bhíodh báid ansin arís againne, naomhóga beaga déanta againn, agus seol orthu agus an áirithe sin corda orthu, agus snáithín lín astu, agus iad scaoilte amach ón tráigh, féachaint cén naomhóg is sia amach a raghadh, an dtuigeann tú. Í a tharrac isteach ansin arís agus í a scaoileadh amach arís. Sin mar a chaithimis an tráthnóna tar éis na scoile.[47]

Théadh na garsúin síos ar an gcaladh agus bhíodh báid agus seolta orthu á gcur ar snámh acu ar linn an chuasa. Bhídís á fhéachaint le chéile cé go mbeadh an bád is fearr aige. Is minic a chuaigh cuid acu ar bhior a gcinn sa bhfarraige ach cad é an díobháil a dhein sé sin ach maitheas. Mhúin sé snámh dóibh. Bhídís ag dul amach sna naomhóga leis na hiascairí go Beiginis agus Oileán na nÓg.[48]

Feicimid taobh na máthaireacha den scéal seo in *Peig*, áfach, nuair a léiríonn sí dúinn an imní a chothaíodh an caitheamh aimsire seo inti féin:

'Seadh! Bhí na páistí ag éirghe suas. Ní raibh an scoil faid urchair méaróige uathu. Bhíos ar mo thoil féin iad a bheith ag dul ar scoil. Bhíodh eagla an domhain orm go mbádhfaí ar an dtráigh iad, mar bhíodar ana-thugtha dhi agus iad beag. Bhí mianach na fairrge ionnta. Is minic a bhrisinn na báid bheaga a bhíodh aca ortha.[49]

Bhain aeraíocht le saol an Oileán. Bhí leagadh ag na hOileánaigh le spórt agus spraoi agus b'fhurasta dóibh cuileachta a dhéanamh. Dhealródh go raibh cuid mhaith den cheart ag Mícheál Ó Gaoithín, nuair a thug sé mar mhíniú ar an aoibhneas a bhaineadh Oileánaigh as an saol, gur lú go mór an brú oibre a bhíodh orthu ná mar a bhíodh ar lucht na míntíre:

Ach is beag an caitheamh aimsire a d'fhéadfadh a bheith acu [lucht na míntíre] mar bhíodh seacht gcúraimí an tsléibhe le déanamh acu. Obair ab ea an saol ar fad ach an fhaid a bhídís ag ithe agus ina gcodladh. Ní mar sin d'fhear an Oileáin! Ba chaitheamh aimsire dó leath a chuid oibre agus sólás saolta leis, agus goblach maith le n-ithe ar scáth an chaitheamh aimsire sin go minic.[50]

Ní hé go raibh na hOileánaigh leisciúil, ach cuid mhór dá saol ab ea an tseilg ar muir agus ar tír, agus bhain i bhfad níos mó saoirse leis an sórt sin oibre ná an sclábhaíocht leanúnach a d'éilíodh an fheirmeoireacht ó lucht na míntíre. Tá an chodarsnacht idir saol na nOileánach agus saol na míntire léirithe go glé san eachtra seo:

Phós bean de mhuintir Chearna i mBaile an Chalaidh i bparóiste an Fheirtéaraigh fadó agus ní mó ná buíoch a bhí sí dona muintir a chur ann í, mar ní mór ná gur calleadh ann í na céad bhlianta, le huaigneas tar éis an Oileáin. Ní thiteadh codladh lae ná oíche uirthi ach ag cuimhneamh air agus ar an gcuileachta a bhíodh ann aici — rud ná raibh i mBaile an Chalaidh mar ní raibh aon chuileachta riamh ann, ná n'fheadair siad cén rud í.

... Bhíodh máthair a céile ag gabháil di, agus deireadh sí léi gur ait an bhean í agus uaigneas a bheith uirthi i ndiaidh an stocáin mhara san, mar go m'fhearr di go mór bheith i measc na ndaoine ar an míntír.

'Mhuise,' a deireadh bean an Oileáin léi, 'ní chímse faic anso ach capaill agus madraí; agus na daoine atá ann, tá siad chomh tútach le ba, gan focal cainte acu ach a gceann fúthu ó mhaidean go hoíche agus bior sáite sa talamh acu.'

B'í an ramhainn an bior a bhí i gceist aici. 'Agus,' arsa bean an Oileáin léi arís, 'dá mbeifeá san Oileán anois, chloisfeá siolla ceoil ann agus fear nó bean ag amhrán, ach ní chloisfeá faic anso ach *go on up and go on down*. Sin é an port ó mhaidean go hoíche.'[51]

Bhí tóir mhór ag na hOileánaigh ar cheol, amhráin agus rince mar is léir ón bplé cuimsitheach atá déanta ag Ríonach Uí Ógáin ar an ngné sin de shaol an Bhlascaoid.[52] Is cinnte go raibh a ndúil féin ag na leanaí sa chaitheamh aimsire seo. Feicimid in *Allagar na hInise* cé chomh héadromchroíoch agus a bhídís i mbun amhráin — fiú agus gíotáil bheag oibre ar siúl acu:

5 Aibreán 1919: Buaileann chugam suas mar a mbím ar chliathán an chnoic mar a mbím ag baint dorn móna gasra de ghramaisc mhion mar bheadh scata caorach. Stadaid i mo theannta tamall. Cuirim ceist orthu: 'Cad a thug an bóthar sin sibh?' Bhí ceann acu cuíosach mór agus d'fhreagair sí i gceann tamaill: 'Tá craobh uainn.'

... I gceann cúpla uair an chloig téim suas go fíoraí an chnoic mar a mbíonn radharc ar dhá thaobh an chnoic agam. Bhí deich bpearsana fichead ag teacht ón dtaobh thuaidh de gharsúin, agus a bheart féin ag gach duine acu; an oiread céanna de ghearrchailí ar an dtaobh theas; an ceann ba mhó chun tosaigh ar gach treibh acu, agus iad mar sin de réir a n-aoise siar go deireadh. Tamall ina stad acu, tamall ag feadaíl, agus tamall ag amhrán ...[53]

Tá cuntais spéisiúla ar fáil faoin nós a bhíodh ag cailíní óga an Oileáin a bheith ag amhránaíocht le linn dóibh bheith ag spaisteoireacht oícheanta gealaí:

Oícheanta gealaí ghabhaimis cailíní an bhaile go léir bóthar Bharra an Bhaile lastuas siar chomh fada leis an nDuimhe agus bóthar Bhun an Bhaile laistíos aniar ag amhránaíocht: na hamhráin a bhíodh againn ná 'Bruach na Carraige Báine', 'Chill Chais', 'Fáinne Geal an Lae', 'Cailín Deas Crúite na mBó', 'Táim Sínte ar do Thuama', 'Eibhlín a Rún', agus 'Ailliú na Gamhna'.

Oíche acu seo chuala Tomás Ó Criomhthain sinn, an guth aoibhinn ag gabháil thar ceann a thí, mar bhí bóthar Bhun an Bhaile ag gabháil dá bhinn. 'An Guth ar Nóin' a thug Tomás air seo.[54]

Tonight is very fine and the moon is shining bright ... later on by this hour when children would be off in their dreams you could hear miles away, with the echoes of the strand, rows of fair young colleens, in four and five in rows after each other singing lovely Irish songs of love and joy and the older folks with their heads out the door gladly listening to them.[55]

V

Is dealraitheach go mbíodh breis saoirse ag leanaí ar an Oileán seachas mar a bhíodh ar an míntír. Ba ghnách, mar shampla, go mbíodh leanaí an Oileáin ina suí níos déanaí ná leanaí míntíre. Tá sé sin le tuiscint ón ngearán a bhí ag Seán Pheats Tom faoin tamaillín saoire a chaith sé i Márthain agus é timpeall deich mbliana d'aois:

Bhailíos liom ina teannta [a mháthair chríonna] agus chuas ó dheas go Márthain, baile beag istigh idir dhá chnoc agus cúig nó sé de thithe ann, feirmeoirí. Bhídís sin éirithe, is dócha, ar a cúig nó a sé ar maidin agus bhídís ina gcodladh timpeall a leathuair tar éis a hocht nó a naoi. Bhínn an-shásta i rith an lae ach nuair a thagadh an oíche, nuair a bhíodh orm dul a chodladh ag a naoi a chlog, sin é an uair díreach go mbínn ag dul síos ar an Inneoin, mé fhéin is na buachaillí eile san Oileán féachaint an bhfaighimis aon bhreac dos na faoileáin óga...

    Bhínn istigh sa leaba agus mo dhá shúil oscailte ar chuma an ghiorria, mar tá sé ráite riamh, pé codladh a bhíonn ar an ngiorria ná dúnann sé a shúile chuige ... Bhíodh mo dhá shúil oscailte agam anois agus mé ag éisteacht leo ag sranntarnaigh. Bhíodh an oíche chomh fada![56]

'B'é nós an uair sin', a deir Seán Sheáin Í Chearnaigh, 'go mbíodh na daoine ag bothántaíocht gach oíche agus na leanaí ag imeacht ar fud na mbánta.'[57] Nuair a bhíodh an uain breá agus an oíche geal, ní bhíodh aon deabhadh in aon chor a chodladh ar leanaí an Oileáin:

> Mí na Nollag 1921: Tá gealach bhreá ar an spéir agus an oíche chomh geal leis an lá. Dá gcuirfeá do cheann amach timpeall a deich a chlog ba dhóigh leat gur i bpríomhchathair Éireann a bheifeá le glisiam agus allagar na bpáistí, ag dul i bhfolach, 'an mada rua', agus gach cluiche dá bhfuil machnamh acu air a bhain leis na sean-Ghaeil. Níl aon dul a chodladh acu oíche mar seo nó go mbuailfidh sé an dó dhéag.[58]

> Nuair a bhíodh an leanaí ag éirí suas ar an Oileán bhíodh a lán cleasa acu á gcleachtadh. Dul i bhfolach, b'é sin an cleas ba nótálta a bhíodh ar an Oileán acu gach oíche ghealaí.[59]

I litir dár dáta 27/2/1939 tugann Eibhlís Ní Shúilleabháin le fios go raibh tréigean an Oileáin ag cur as don ghnás seo:

> I feel a promising of summer in the air and sky. I feel very light hearted about that but such a night in the Island ten years ago, when I was just young, is very different from this night. There is no stir or sound in this Island tonight, no children laughing or shouting in the moonlight.[60]

Tá an méid seo ag Seán Pheats Tom i gcuntas a thug sé ar an gcaitheamh aimsire a bhíodh ag daoine óga ar an Oileán:

> Sin é mar a chaithimisne an saol agus bhíodh trua againn dosna buachaillí a bhíodh ag fás suas lasmuigh mar dheinimis amach ná bíodh aon chaitheamh aimsire mar sin acu agus is dócha ná bíodh leis. Dá mbeadh orainne

oíche a thabhairt i nDún Chaoin nó cúpla oíche, b'fhearr linn teacht abhaile. Ní mór ná go mbáfaimis sinn féin.[61]

Bíonn gach aon duine geal ar a phaiste féin gan amhras, ach is cosúil go raibh bunús réadúil le tuairim na nOileánach gur acu féin a bhí an chuid is fearr de mhargadh na cuileachtan agus iad beag. Níor cheart a mheas, áfach, nach raibh smacht ar leanaí an Oileáin, mar go deimhin, ba dheacair dóibh mórán a dhéanamh as an slí, toisc go raibh sé de nós ag an seandream trí chéile smacht a chur i bhfeidhm ar na leanaí. Ba bheag an deis, mar shampla, a bheadh ag leanbh lá a thabhairt faoin tor ón scoil:

Níorbh aon mhaith dhuit é ansiúd, mar b'fhéidir gur seanduine a bheadh ag triall ar asal agus chífeadh sé i bpoll tú, nó chífeadh sé cois claí tú. Thiocfadh sé abhaile ansin agus déarfadh sé é. Agus dá bhfanfá ó scoil aon lá agus go bhfaigheadh do thuismitheoirí amach ná rabhais ar scoil, ní rachfá i bpoll go brách arís. Bheadh gach aon bhlúire díot chomh dubh leis an iarta sin ó bheith ag gabháil ort.[62]

Níor bhréag don Chriomhthanach a rá gur 'mar a bheadh clann aon mháthar' a bhí na hOileánaigh:[63]

Ní raibh aon eiteach ar faic [a iarrfaí ort a dhéanamh] mar chaithfeá bheith mar sin san Oileán. Ní raibh aon oidhre air ach rialtas ann féin. Má dhéanfá aon choir nó má bheifeá bun os cionn, ní bheadh na daoine sásta leis, an méid a bhí ann acu. Chaithfeá do bhóthar díreach a choimeád i gcónaí nó mara ndéanfá, thiocfadh na hoileánaigh romhat agus cheartóidís tú.[64]

SÓC: Ach ba dheacair duit aon díobháil a dhéanamh ar an Oileán. Mar ní hiad mo mhuintir féin ba mheasa dhomsa chuige ach muintir an bhaile chomh maith. Dá mbeinnse imithe óm mhuintir féin anois agus tamall fén mbaile, abair, ná beadh aon radharc ag mo mhuintir féin orm, dá mbeinn ag déanamh aon ní as an slí, bheadh fear éigin ansúd a thógfadh suas mé agus a thabharfadh mo chlabhtáil dom i dtaobh an rud san a dhéanamh.

PÓH: *Agus ní bhíodh aon olc ar do mhuintirse gur bhuail a leithéid seo nó siúd tusa?*

SÓC: Ó a Dhia na bhFlaitheas, bhíodh áthas orthu. Nó dá raghainn abhaile ón scoil agus mé buailte ag an múinteoir, púic a bheith orm, is mó a gheobhainn aige baile ansan. Mar is é an rud a deirtí ná gur tú féin fé ndeara é. [65]

Dheineadh na tuismitheoirí an-chúram de thógaint cheart a thabhairt dá gclann agus níl amhras ná gurbh é meon an tseanfhocail 'nach mbíonn an rath ach mar a mbíonn an smacht' a bhí in uachtar:

PÓH: *An é an t-athair nó máthair is mó a dhéanadh an leanbh a smachtú?*

SPT: An mháthair. Gan dabht ba mheasa dhuit aon fhocal amháin ón mbuachaill ar deireadh thiar ná dá mbeadh do mháthair ag caint go deo. Bhí deireadh leat.

POH: *An mbíodh slat ag do mháthair sa tigh?*

SPT Bhíodh slat aici. Ní slat a bhíodh ann ach scothán, tor mór craoibhe. Bhí mo mháthair féin ansan, dheara bean an-mhór ab ea í, agus go saora Dia sinn, an crobh láimhe a bhí uirthi sin, bhí sí chomh mór le sluasaid. Dá mbuailfeadh sí sin tú, chuimhneofá go deo air nuair a bhainfeadh sí do threabhsar duit. Chuirfeadh sí riastaí thiar in aird do thóna. Bhainfeadh sí díot anuas an treabhsar ar dtúis agus chuirfeadh pionós ansan ort tú a chur isteach don leaba i lár an lae dá mbeadh faic déanta as an slí agat.

... Is é an rud is mó [a bhíodh ag déanamh tinnis do na tuismitheoirí] ansan ná an chlann a thabhairt suas i gceart, go múinte béasach, ná beadh faic le rá ag éinne leo. Bhíodh san ag gabháil dóibh i gcónaí ar eagla go ndéanfaidís aon rud as an slí, aon díobháil d'aon duine ... Agus ní raibh aon rud ba mhó ba mheasa leo ná dá gcloisfidís ainm Dé á thabhairt agat gan abhar. Ó, gheobhadh do dhá chluais é! Bhí an baile ag tabhairt aire dona chéile.[66]

VI

Bhaineadh daoine fásta a gcuileachta féin as leanaí ar an mBlascaod. Bhíodh 'margadh na leanbh' acu leo go minic chun iad a bhréagadh, agus ina theannta sin bhíodh greann beag cneasta acu orthu mar a chonacamar thuas i gás na máthar ag tairiscint braon dá bainne cíche do gharsún comharsan. Léiriú eile ar an sórt seo grinn is ea an cleas, 'scamall na bunóice', a d'imríodh daoine fásta ar leanaí óga:

Agus rud eile a mharaíodh sinn nuair a shaolófaí leanbh inár líon tí féinig. B'fhéidir go raghfá amach fén mbaile an dtuigeann tú, bhuailfeá isteach go dtí tigh go mbeadh seanduine ann, agus gan dabht, bheadh a rógaireacht fhéin ag baint leis sin. Ghlaofadh sé ort agus gan aon choinne agat leis. Ní bheadh a fhios agat cad a bheadh ar bord aige. Is é an rud a dhéanfadh sé, chuirfeadh sé in airde chúig méireanta agus d'fhiafródh sé dhuit cé méid méir a bhí ansan. Déarfása go raibh chúig méireanta. De gheit thógfadh sé anuas [dhá cheann]. Déarfadh sé ná raibh ach trí méir ann: 'Á, tá scamall na bunóice fós ort, a bhuachaill,' a déarfadh sé. Th'anam diabhal, thosnófá fhéin ag cuimilt do shúl ansan. B'ait leat é.[67]

Deireadh tuismitheoirí le leanaí gurbh é 'préachán an ghoib' a sciob chun siúil an rud a bheadh tógtha acu ón leanbh toisc é bheith díobhálach dó.[68] Bhagraítí an púca ('Chugat an púca'), an Róilí/Rálach, púca Róilí, bean bhán an Túir, nó Murchadh, ar leanaí nuair a bheifí ag iarraidh iad a scanrú.[69] Bhagraítí an té a bheadh fachta bás le déanaí ar leanaí chomh maith:

> Nuair a theastaíodh ó mháthair gan na leanaí a scaoileadh amach sa bhfuacht, oíche gheimhridh, chuireadh sí a leithéid seo de sheanduine a bhíodh tar éis bháis go mbíodh aithne mhaith ag na leanaí air, in iúl do na páistí: 'Fan ag baile a stóirín, tá seanMhicilín thíos ansan ag béal an bhóithrín agus spréacha dearga aige á chaitheamh amach as a bhéal agus d'ardódh sé leis aon gharsúinín beag dána ná déanfadh rud ar a mháthair.'[70]

Bhí smacht ag na mairbh i slite eile leis ar iompar leanaí:

> Deir siad, i bPurgadóireacht go mbeidh tú ag imeacht timpeall duit fhéinig, ach ná féidir le duine tú dh'fheiscint. Mar bhí sé an-mhór ár gcoinnene, cheiltí orainn i gcónaí é, gan dul amach tráthnóna agus maide a bheith agat agus tú bheith ag bualadh toir, go raibh san mícheart. Agus deirimisne leo, 'Cad ina thaobh?'
>   'Ar eagla go mbeadh anam bocht éigin i bpurgadóireacht ann.' Ach n'fheadarsa an chun eagla a chur orainn é nó an b'é a gcreideamh féin é. B'é a gcreideamh féin é is dócha an uair sin.[71]

Ceist a bhíonn le freagairt ag tuismitheoirí óna gclann i ngach aois is ea cad as a thagann leanaí agus, ach oiread le háiteanna eile, ní freagra dáiríre ba ghnáthaí a thabhairt ar an gceist sin ar an mBlascaod. Bhí cumadóireacht agus magadh beag séimh sa bhfreagra a thugtaí ar leanaí an Oileáin mar go ndeirtí leo gur sa bhfeamainn a fhaightí iad. 'Féach cad a fuaireas-sa i bhfeamainneach na trá ar maidin' an port a bhíodh ag Méiní an bhean chabhartha do leanaí an tí ina saolófaí bunóic.[72] Chreideadh na leanaí go diongbhálta an scéal seo mar a chuireann Lís Uí Laoithe in iúl:

Deiridís gur sa bhfeamainnigh, feamainneach na trá, a fuaireadh iad. Aon áit a bheadh leanbh saolaithe: 'Cá bhfuairis an leanbh, cé thug duit é?' — 'Sa bhfeamainnigh thiar ar an dtráigh.' Agus théimis siar agus réabaimis a mbíodh de fheamainneach sa tráigh fhéachaint a bhfaighimis éinne.

Agus bhíodh seanduine ann, Micí, agus mharaíodh sé sinn i dtaobh bheith ag réabadh na feamnaí. 'Á, á, go dtuga an diabhal coirce dhaoibh', is gach aon eascaine aige orainn ach a bhfaighimis an leanbh, aon leanbh sa tráigh.

Ach chuamar isteach go dtí Peig Sayers agus dh'fhiafraíomar di é, cá bhfaightí na leanaí agus 'mo ghreidhin sibh,' a dúirt sí, 'beidh a fhios agaibh róluath. Beidh a fhios agaibh róluath. Sin é an freagra agus dh'éiríomar as.[73]

Bhíodh leanaí fásta suas go maith agus iad fós ag géilleadh don scéal de réir Sheáin Pheats Tom:

Ó th'anam an diabhal, ní mór ná go rabhas ag dul ag pósadh ... Am baiste cheapamair gur sa bhfeamainnigh é. Bhí máthair chabhartha istigh ann ach go háirithe, ach thug sí geallúint sa deireadh dom féinig — bhíodh gach aon mhallacht agam uirthi, cad ina thaobh ná tugadh sí garsún. 'An chéad turas eile anois a bhuachaill,' a deireadh sí.

Ach nuair a tháinig an garsún: 'Fhéach anois go dtugas chugat é. Fuaireas thiar ar Thráigh Ghearraí é agus é casta istigh sa bhfeamainnigh an fear bocht agus dúrt liom fhéin go dtabharfainn chugat é.' ... Th'anam 'on diabhal bhíomarna mór groí san Oileán a chroí agus ní raibh aon tuairisc ar aon rud mar sin. Ní raibh.[74]

VII

Tá plé mhór ar siúl ag staraithe sóisialta le leathchéad bliain anuas ar fhorbairt an teaghlaigh san Eoraip sna haoiseanna deireanacha seo, agus go háirithe, ar ról an linbh sa teaghlach agus caidreamh tuismitheoirí lena gclann. Ba é an Francach, Phillipe Ariès, ar luadh a thuairimí faoi theacht chun cinn an chóitín cabhlach, a chuir ceann ar an díospóireacht seo ina leabhar a aistríodh go Béarla faoin teideal *Centuries of Childhood*.[75] Mhaígh sé nach raibh an tábhacht chéanna in aon chor le leanaí sna meánaoiseanna agus a thugtar dóibh inniu, agus go deimhin gur sa séú agus sa seachtú haois déag, i measc na n-uasal ar dtús, agus de réir a chéile ansin i measc an ghnáthphobail, a tháinig tuiscint chun cinn ar thábhacht an linbh mar dhuine ar leith, agus gur ón am sin anuas a dlúthaíodh an nasc ar leibhéal na mothúchán idir tuismitheoirí agus a gclann.

Ar ndóigh, de bharr cúinsí bitheolaíochta, mhothaigh tuismitheoirí riamh nasc lena gclann, agus is tréith bhuan sa duine é sin. Is rud cultúrtha, áfach, réimse an cheangail sin mar aon leis an bhfriotal a chuirtear ar na claonta bunúsacha atá i gceist ann, agus dá bhrí sin, is féidir athrú a theacht ar an tslí ina gcuirtear an nasc sin in iúl ó aois go haois agus ó phobal go chéile. Sa lá atá inniu ann tá an ceangal maoithneach seo an-láidir ionas gurb iad na leanaí croílár an teaghlaigh, rud a fhágann go dtuigtear do thuismitheoirí gurb é cur chun cinn a gclainne an phríomhaidhm atá acu mar lánú i gcéileachas, agus gur ar an sprioc seo a chaitear cuid mhór de mhaoin agus d'fhuinneamh an teaghlaigh. D'áitigh Ariès gur cor nua i bhforbairt an teaghlaigh é seo, agus cúpla céad bliain ó shin nach raibh an ceangal maoithneach idir tuismitheoirí agus a gclann baol ar chomh láidir agus atá sé inniu.

Mar thacaíocht lena thuairim chuir sé argóint shiceolaíochta chun cinn bunaithe ar an ráta ard báis a bhí ag leanaí sa tseanré, á rá gur ghlac tuismitheoirí leis gur chuid den saol é go gcaillfí leanaí orthu, agus gur fhág sin bac orthu bheith róghafa lena gclann ar leibhéal na mothúchán.

De réir na tuairime seo bhí bás leanaí chomh coitianta sin, gur ghnáthrud ag tuismitheoirí é a bheith ag súil leis go gcaillfí cuid dá gclann agus go mbíodh muirear mór acu le súil go mairfeadh sciar éigin acu.[76] Is í éirim na hargóna ag Ariès ná gur chosain tuismitheoirí iad féin ar bhriseadh croí trí bheith seachantach ar aon ró-chion a bheith acu ar a leanaí.

Ag cur leis an teoiric seo aige faoi laghad an cheangail mhaoithnigh a bhí idir tuismitheoirí agus a gclann san am atá thart, luann sé chomh maith fianaise ón litríocht agus ón ealaín a léiríonn an neamhaird a tugadh ar an leanbh go dtí le cúpla céad bliain anuas, agus áitíonn sé go léiríonn cleachtais mar altramas agus printíseacht nach mór an teagmháil a bhíodh ag tuismitheoirí lena gclann agus gur lagaigh sin go mór an nasc maoithneach eatarthu. Spreag an leabhar ceannródaitheach seo díospóireacht mhór maidir le hionad an linbh sa teaghlach, údair áirithe ag taobhú lena theoiric agus a thuilleadh ag cur ina choinne.[77]

Tá an scéal á lua anseo mar measaim gur féidir earraíocht a bhaint as réimsí áirithe den seanchas a bhaineann le leanaí agus an cheist seo á plé. Is iad na réimsí atá i gceist ná na finscéalta, na nósanna cosanta, agus na tuiscintí traidisiúnta ag tagairt don bhaol a mothaíodh ar leanaí ó neachanna agus ó fhórsaí neamhshaolta. Eilimintí seanda sa traidisiún iad seo agus mar gheall ar sin is dlistineach iad a chur sa áireamh agus plé á dhéanamh ar mheon thuistí i leith a gclainne sna haoiseanna atá imithe romhainn. Bhí seanchas an Bhlascaoid lomlán de scéalta a léirigh na daoine maithe ag faire ar leanaí a fhuadach nó ar dhíobháil a dhéanamh dóibh, agus is léir ón seanchas sin leis go bhféachtaí le leanaí a chosaint go maith ar chumhacht na drochshúile.[78]

Feidhm bhunúsach a bhí ag na réimsí seo den bhéaloideas b'ea míniú a sholáthar ar thubaistí pearsanta a ghoill ar thuismitheoirí — breoiteacht, éagumas agus bás leanaí ina measc. Is cinnte gurb í an teachtaireacht atá á fógairt go soiléir ag an ábhar seo, mar aon leis an gcuid sin den leigheas traidisiúnta a bhí dírithe ar shláinte leanaí, ná gur mhór é tábhacht na leanaí dá dtuismitheoirí, agus gur dhoimhin an lúb a bhí istigh acu iontu.

Is tréith aitheanta de chuid an bhéaloidis í go léirítear go siombalach ann mothúcháin agus mianta an duine, agus leanann as sin go bhfuil treoir le fáil uaidh maidir leis na nithe a bhíonn ag cur as do dhaoine. Go deimhin is féidir a rá gur gheall le fuascailt aigne iad scéalta a thrácht ar fhórsaí bagracha a bhíodh ag faire ar leanaí, mar sa seanchas seo tugtar crot coincréiteach don fhaitíos a ghoilleann ar thuismitheoirí ach ag an am céanna bíonn iompar na bhfórsaí bagracha faoi smacht i gcónaí ag coinbhinsiúin na scéalaíochta. Chuir an sórt seo seanchais ar chumas pobail a n-imní faoi shláinte leanaí a chur i láthair i slí neamhphearsanta siombalach. Léiríonn an t-ionad suntasach a bhí ag an ábhar seo i saol an phobail, agus an raidhse agus an éagsúlacht de a bhí ann, gur thábhachtach le tuismitheoirí a gclann, agus gur mhór le tuismitheoirí a gclann, siar trí na haoiseanna. Níorbh ann don ghné seo den bhéaloideas ar an mBlascaod ná in aon áit eile ach amháin gur mar sin a bhí.

In ainneoin gur bearnach mar chuntas é seo thuas ar eilimintí traidisiúnta i saol an linbh ar an mBlascaod, b'fhéidir, mar fhocal scoir, go léiríonn sé mar sin féin, más i gcúl an tí a bhí Tír na nÓg nárbh fhada ó chúl an tí a bhí an tOileán Tiar.

NÓTAÍ

1   S. Ó Coileáin, *Seán Ó Ríordáin: Beatha agus Saothar*, Baile Átha Cliath 1982.

2   *Ibid.*, 115.

3   S. Ó Ríordáin, *Eireaball Spideoige*, Baile Átha Cliath 1952, 61.

4   J. Holmes Mc Dowell, *Children's Riddling*, Bloomington 1979, 1.

5   Iona agus P. Opie, *The Lore and Language of Schoolchildren*, Oxford 1959, 1-2. Luann siad údar eile anseo freisin a deireann, 'The world-wide fraternity of children is the greatest of savage tribes, and the only one which shows no sign of dying out.'

6   Fístéip SVC 426 i gcartlann Lárionad na nAcraí Teagaisc, Ollscoil na hÉireann, Gaillimh: Seán Pheats Tom Ó Cearnaigh (1990).

7   Peig Sayers a d'inis do Sheosamh Ó Dálaigh (1943), ls. 910, lch. 197, i gCartlann Bhéaloideas Éireann, Ollscoil na hÉireann, Baile Átha Cliath (CBÉ thíos). Ba mhaith liom buíochas a ghabháil leis an Ollamh Séamas Ó Catháin, Ceann na Roinne sin, as cead a thabhairt ábhar ón gCartlann a fhoilsiú anseo.

8   CBÉ 910: 196. Peig Sayers a d'inis do Sheosamh Ó Dálaigh (1943).

9   *Ibid.*, 197.

10 CBÉ 469:125. Máire Ruiséal, Dún Chaoin, a d'inis do Sheosamh Ó Dálaigh (1936). Tharlódh gur mar chosaint ar shióga a dhéantaí an fhallaing as ball éadaigh an athar, rud a thugtar le fios i gcuntas ó Cho. na Gaillimhe in CBÉ 229:114-7.

11 P. Ariès, *Centuries of Childhood*, Harmondsworth 1960, 48-56.

12 S. Mac Philib, 'Gléasadh Buachaillí i Sciortaí', *Sinsear* 1982-3, 133-46.

13 CBÉ 910:197. Bhí an tuiscint in Uíbh Ráthach leis gur chosaint ar na sí é dath dhuileascach na gcloch, mar is léir ón sliocht seo ón bailitheoir béaloidis, Tadhg Ó Murchú: 'Dheineadh na seanmhná éadaí na leanbh a dhathú leis an nduileascach cloch chun iad a chosaint ar na púcaíbh. Bhíodh an-bhua ag an dath so. Saghas luibh a fhásann ar na carraigeacha is ea an duileascach cloch so, saghas cunlaigh cruaidh liath. Is minic a dúirt m'athair liom gur chaith sé cóta cabhlach dathaithe leis an nduileascach cloch.' - CBÉ 34:83.

14 Eolas ó Bhab Feirtéar, Dún Chaoin, Márta 1997.

15 CBÉ 1478:76 (1956).

16 CBÉ 1478:100.

17 CBÉ 910: 178.

18 T. Ó Criomhthain, *An tOileánach*, eag. P. Ua Maoileoin, Baile Átha Cliath 1973, 17.

19 Fístéip SVC 426 i gcartlann Lárionad na nAcraí Teagaisc, Ollscoil na hÉireann, Gaillimh: Seán Pheats Tom Ó Cearnaigh (1990).

20 Ó Criomhthain, *loc. cit.*, 16-7. Is maith a léiríonn cuntas an Chriomhthanaigh ar an ócáid seo nach soláthar eolais ar ghnéithe

den seansaol an chloch ba throime ar a phaidrín agus é i mbun scéal a bheatha a insint: ní tagraíonn sé in aon chor do ghnéithe eile den nósmhaireacht a lean an ócáid — an bheannacht a chuirtí ar an leanbh, nó an seile a chaithtí air chun é a chosaint ar choiriú, nithe a thuairiscíonn Seán Pheats Tom sa sliocht seo as Fístéip SVC 426: 'Nuair a chuirfí ball nua ar leanbh, b'fhada lena chroí go mbeidh sí socair air chun dul ó thigh go tigh. Is théadh sé ó thigh go tigh ansan agus níl aon bhaol ná go bhfaigheadh sé síntiús beag éigin de réir an rachmais a bhíodh ag na daoine. Ní ligfí abhaile é gan rud éigin, fiú amháin dá mba ghráinne siúcra a chuirfí isteach ina dhorn, mar a mbeadh faic eile ann. Gheobhadh sé pingin nó ubh circe nó rud éigin.

POH: Agus an raibh rud éigin a déarfaí ar an ócaid sin leis an leanbh?

SPT: 'Go mairir is go gcaithir é agus céad ceann is fearr ná é' ... 'Go mairir is go gcaithir í, go stollair is go stracair í agus seacht gcinn níos fearr ná í.' Nuair a raghfá isteach go dtí seanduine is nuair a raghfá iseach chuige is ea chaitheadh sé a sheile ar dtúis air, ort féin is air féin, ar eagla, chun go mbeifeá saor ó aon drochshúil tú dh'fheiscint.'

21 T. O'Neill, *Life and Tradition in Rural Ireland*, London 1977, 53.

22 Fístéip SVC 426 (1990) i gcartlann Lárionad na nAcraí Teagaisc, Ollscoil na hÉireann, Gaillimh.

23 CBÉ 1478: 73-4.

24 Fístéip SVC 425, (1990) i gcartlann Lárionad na nAcraí Teagaisc, Ollscoil na hÉireann, Gaillimh.

25 Fístéip SVC 426, (1990) i gcartlann Lárionad na nAcraí Teagaisc, Ollscoil na hÉireann, Gaillimh.

26 CBÉ 1478:75-6. Cúig bliana déag a bhíodh buachaillí an Bhlascaoid nuair a thosaídís ag iascach de réir Sheáin Uí Chriomhthain, in P. Tyers, eag., *Leoithe Aniar*, Baile an Fheirtéaraigh 1982, 87. Tá an cuntas seo ag Mícheál Ó Gaoithín ar an gcor cinniúnach sin i saol na n-óganach: 'Go luath tar éis deireadh bheith le scoil acu ... dhéantaí madra uisce an phoill ghoirm de gach aon duine acu ansan — chuirtí isteach i naomhóig nó i mbád iad. Bríste glas de phlainín agus casóg agus péire de bhróga peirce. Dhéantaí suas go maith iad sula ligtí dóibh a n-aghaidh a thabhairt fé bheatha drom taoide a chleachtadh. - CBÉ 1478: 74.

27 CBÉ 910:191. Peig Sayers a d'inis do Sheosamh Ó Dálaigh.(1943).

Bheadh bainne gabhair mar thaca leis an mbainne cíche sa chás gur ghá sin; féach M. Ní Chéilleachair, 'Mná i Litríocht an Bhlascaoid', in A. Ó Muircheartaigh, eag., *Oidhreacht an Bhlascaoid*, Baile Átha Cliath 1989, 326.

28 *Op. cit.*, 1973, 13. Spreag an ráiteas seo seanfhondúir sa cheantar le léirmheastóireacht ghiorraisc a dhéanamh ar an leabhar — á rá nach bhféadfadh sé meas a bheith aige ar leabhar a scríobhfadh aon duine a dhéanfadh *travelling creamery* dá mháthair.

29 CBÉ 1442:447 (1956). Seán Sheáin Í Chearnaigh.

30 CBÉ 1442:446. Bhí sé coitianta i dtíortha éagsúla san Eoraip i dtréimhse níos luaithe go mbíodh leanaí seanchríonna go maith agus iad fós ar an mbrollach; tagraíonn Ariès (*loc. cit.*, 32-3) do cháipéis ón tríú haois déag ina luaitear freastalaithe aifrinn arbh fhearr leo bheith ar bhrollach a máthar ná sa séipéal, agus luann sé freisin Juliet i ndráma cáiliúil Shakespeare, a bhí fós á cothú ar an mbrollach agus í trí bliana d'aois.

31 CBÉ 910:191. Peig Sayers a d'inis do Sheosamh Ó Dálaigh, 1943; féach Jacques Gélis, *History of Childbirth*, aistr., Rosemary Morris, Cambridge 1991, 251, mar a dtugtar le fios gur ghnáth-thréimhse é 18-24 mí ag ag leanbh ar an mbrollach ag tús an hochtú haois déag.

32 Fístéip SVC 424, (1990) i gcartlann Lárionad na nAcraí Teagaisc, Ollscoil na hÉireann, Gaillimh; Seán Pheats Tom Ó Cearnaigh. Ina thaithí siúd (*ibid.*) bliain a bhíodh mar sprioc de ghnáth ag an máthair le cothú an linbh ar a brollach.

33 Seán Pheats Tom Ó Cearnaigh, fístéip SVC 425, (1990) i gcartlann Lárionad na nAcraí Teagaisc, Ollscoil na hÉireann, Gaillimh.

34 Ó Criomhthain, *An tOileánach* (1973), 13.

35 Seán Pheats Tom Ó Cearnaigh, fístéip SVC 425, (1990) i gcartlann Lárionad na nAcraí Teagaisc, Ollscoil na hÉireann, Gaillimh.

36 CBÉ 910:191. Peig Sayers a d'inis do Sheosamh Ó Dálaigh (1943). B'fhéidir gur léiriú iad na goblaigh a bhí a dheirféaracha ag cur i mbéal an Chriomhthanaigh ar an gcúram breise seo a dhéantaí de chothú an fhireannaigh. Maidir leis an nath 'mian mic a shúil', feach P. Ó Héalaí, 'Gnéithe de Bhéaloideas an Linbh ar an mBlascaod', *Léachtaí Cholm Cille* 22 (1992), 104-10.

37 Seán Pheats Tom Ó Cearnaigh, fístéip SVC 425, (1990) i gcartlann Lárionad na nAcraí Teagaisc, Ollscoil na hÉireann, Gaillimh. Dhéanadh sliogán gnó spiúnóige do dhaoine fásta leis: 'Scian amháin a bhíodh i ngach tigh agus spíonóga adhmaid a

dheinidís le scian, nó mara mbeidís sin acu d'úsáididís sliogán iascáin.' CBÉ 469:133 Mháire Ruiséal (Uí Lúing) agus a hiníon Máire Bn. an tSíthigh a d'inis do Sheosamh Ó Dálaigh; féach An Seabhac, *Seanfhocail na Muimhneach*, Corcaigh 1926, § 299: 'Sé an chéad bhia a chuaigh ar shliogán chuige é.' Deir cuntas ó Cho. Thír Eoghain (CBÉ 1220:21) nach mbeadh aon easpa airgid ar an leanbh a bheathófaí le sliogán.

38 Seán Pheats Tom Ó Cearnaigh, *ibid.*

39 CBÉ 910:192. Peig Sayers a d'inis do Sheosamh Ó Dálaigh (1943).

40 Máire Ní Ghaoithín, *Bean an Oileáin*, BÁC 1986, 39, 40, 78.

41 Máire Ní Ghaoithín, *An tOileán a Bhí*, BÁC 1978, 77.

42 Ó Criomhthain, *An tOileánach* (1973), 20.

43 *Ibid.*, 20-1.

44 *Ibid.*, 198.

45 M. Ó Gaoithín, *Is Trua Ná Fanann an Óige*, BÁC 1953, 29.

46 CBÉ 1478:107-8, Mícheál Ó Gaoithín.

47 Seán Ó Criomhthain in P. Tyers, eag., *Leoithne Aniar*, Baile an Fheirtéaraigh 1982, 119-20.

48 CBÉ 1478:108, Mícheál Ó Gaoithín.

49 Peig Sayers, *Peig. A scéal féin*, M. Ní Chinnéide, eag., BÁC 1936, 207-8.

50 CBÉ 1478:64.

51 CBÉ 1494:125-8 Seán Sheáin Í Chearnaigh. Tugtar cuntas truamhéileach ar chás na mná seo tar éis dá hathair cuairt a thabhairt uirthi: 'Nuair a d'imigh a hathair uaithi ag casadh na Gráige chrom sí ar ghol agus chuaigh sí in airde ar bharr Mhionnán na Gráige agus d'fhan sí ann nó go raibh an bád dulta don Oileán agus í ag briseadh a croí ag gol le huaigneas i ndiaidh a hathar agus i ndiaidh an Oileáin ... Níl aon tráthnóna ar feadh bliana ná go dtagadh bean an Oileáin go Mionnán na Gráige ag féachaint isteach ar an Oileán, agus dá mbeadh sciatháin uirthi deireadh sí go léimfeadh sí isteach. Bhíodh sí ag teacht ann nó gur saolaíodh an chéad duine clainne di agus sin é an chéad *relief* a fuair sí ó chuimhne an Oileáin.' — *Ibid.*

52 Ríonach Uí Ógáin, 'Ceol, Rince agus Amhráin' in A. Ó Muircheartaigh, eag., *Oidhreacht an Bhlascaoid*, BÁC 1989, 109-27.

53 T. Ó Criomhthain, *Allagar na hInise*, P. Ua Maoileoin, eag., BÁC 1977, 64-5.

54 M. Ní Ghaoithín, *An tOileán a Bhí*, BÁC 1978, 61.Ba é 'An Guth ar Nóin' an chéad phíosa ó Thómás Ó Criomhthain a cuireadh i

gcló sa *Chlaidheamh Solais.*

55 E. Ní Shúilleabháin, *Letters from the Great Blasket*, BÁC 1978, 72.

56 S. Ó Cearnaigh, *Fiolar an Eirbaill Bháin*, BÁC 1992, 61-2.

57 CBÉ 1441:175-6.

58 T. Ó Criomhthain, *Allagar na hInise*, P. Ua Maoileoin, eag., BÁC 1977, 311.

59 CBÉ 1478:100-1. M. Ó Gaoithín.

60 *Letters from the Great Blasket*, 72.

61 'Mo Shaolsa ar an Oileán', in Ó Muircheartaigh, *Oidhreacht*, 350.

62 S. Ó Criomhthain, in Tyres, *Leoithne Aniar*, 117.

63 *An tOileánach*, (1973), 255.

64 S. Ó Criomhthain, in Tyres, *Leoithne Aniar*, 131

65 Fístéip SVC 424 i gcartlann Lárionad na nAcraí Teagaisc, Ollscoil na hÉireann, Gaillimh: Seán Pheats Tom Ó Cearnaigh ag caint le Pádraig Ó Héalaí (1990).

66 Fístéip SVC 424 i gcartlann Lárionad na nAcraí Teagaisc, Ollscoil na hÉireann, Gaillimh: Seán Pheats Tom Ó Cearnaigh ag caint le Pádraig Ó Héalaí (1990).

67 *Ibid.*

68 Sin é, mar shampla, a dúradh le Gearóid Ó Catháin nuair a tógadh uaidh an píopa a bhí a bheartú aige dó féin as rúta feamainne agus gan é ach ceithre bliana d'aois, féach Ó Muircheartaigh, *Oidhreacht an Bhlascaoid*, 358. Ordóg portáin ba ghnáthaí mar phíp ag garsúin óga ar an mBlascaod, féach S. Ó Criomhthain, in Tyers, *Leoithne Aniar*, 84.

69 CBÉ 701:202; CBÉ 1462:568; CBÉ 1478:115-6. Is í an sceoin a chuir Sir Walter Raleigh i ndaoine tar éis ár Dhún an Óir an bunús atá leis 'an Róilí' nó 'an Rálach' a bheith á lua mar neach scanrúil le leanaí, féach D. Ó Conchúir, 'Éirí Amach Ghearaltaigh Dheasmhumhan i gCorca Dhuibhne', in M Ó Cíosáin, eag., *Céad Bliain 1871-1971*, Baile an Fheirtéaraigh 1973, 77. Deireann Mícheál Ó Gaoithín in CBÉ 1462:568 gur bean a bhíodh le feiscint ag éirí amach as an Túr agus ag siúl timpeall an Oileáin í bean bhán an Túir. Tógadh an túr seo in 1840, féach Ó Muircheartaigh, *op.cit.*, 10. Murchadh 'na nDóiteán' Ó Briain, Iarla Inse Uí Chuinn agus comhghuaillí Chromail, a bhíodh á bhagairt ar leanaí nuair a deirtí 'féach Murchadh' leo, an fear céanna a mbuanaítear a chuimhne sa leagan cainte 'chonaic sé Murchadh' (a thagraítear do dhuine a fhaigheann drochscanradh).

70 CBÉ 1478:115-6. M. Ó Gaoithín.

71 Fístéip SVC 425 i gcartlann Lárionad na nAcraí Teagaisc, Ollscoil na hÉireann, Gaillimh. Seán Pheats Tom Ó Cearnaigh (1990).

72 CBÉ 910:187 S. Ó Dálaigh ó Pheig Sayers.

73 Lís Uí Laoithe, taifead fuaime, 16 /8/1990. Cheap sí gur timpeall deich mbliana a bhí sí an uair sin.

74 Seán Pheats Tom Ó Cearnaigh, taifead fuaime, 7/1/1990.

75 P. Ariès, *Centuries of Childhood*, London 1962 .

76 Is fíor go raibh ráta mortlaíochta an-ard ag naíonáin agus leanaí óga sna haoiseanna díreach romhainn san Eoraip: 'The demographers estimate that some 25 of every 1000 women died in childbirth in England in the sixteenth and seventeenth centuries and some 200-300 out of every 1000 infants died before the age of 5 ... out of every 1000 infants in eighteenth-century France, 280 died before the age of 1 and only 574 out of every 1000 reached the age of five. In periods of famine and plague the number was even higher in all countries.'— Shulamith Shahar, *Childhood in the Middle Ages*, London 1992, 35. Bunaithe ar dhaonáireamh na bliana 1841, tá an fhianaise maidir le líon na leanaí sa tír seo a bhásaigh laistigh de bhliain dá saolú pléite ag Cormac Ó Gráda, agus tá sé le tuiscint uaidh nach rófhada ón marc a bheadh an tuairim gur bhásaigh leanbh as gach cúigear roimh shlánú a gcéad bhliana — figiúr atá scanrúil i gcomparáid leis an leanbh sa chéad atá coitianta i dtíortha an Iarthair inniu. Féach C. Ó Gráda, *Ireland before and after the Famine*, Manchester 1993, 43-6, agus P. Lysaght, *The Banshee: The Irish Supernatural Death-Messenger*, Dublin 1986, 375, n 17.

77 Tá suimiú maith ar chuid mhór den díospóireacht sin in R. T. Vann, 'The Youth of Centuries of Childhood', *History and Theory* 21 (1982), 279-97.

78 Féach, Ó Héalaí, *Léachtaí Cholm Cille* 22 (1992), 81-122.

An Spreagadh chun Pinn

Pádraig Ó Fiannachta

Tá sé mar thuairim ag scoláirí áirithe gur de thoradh ar choimhlint idir cultúr bunaidh agus cultúr forbartha a eascrann agus a bhláthaíonn an eipic bhunúsach. Is dóigh liom féin go bhfuil fód faoin tuairim sin agus go mb'fhéidir gur léiriú air sampla *An tOileánach*. Bhuail saol bunúsach cluthair an Oileáin leis an saol mór ar dtús tríd an imirce, go háirithe an imirce go Meiriceá agus an ceangal a dhein na deoraithe leis an mbaile ní hamháin trí litreacha ach chomh maith leis sin trí fhodhuine a d'fhill abhaile, leithéid an Phoncáin a d'fhág a ainm ar Thobar an Phoncáin, agus Máire deirfiúr Thomáis a réitigh a chleamhnas dó.

Ach maidir le healaín na scríbhneoireachta, ba thábhachtaí fós domhan mór na scoláireachta, an léinn agus an phinn. Thug an béaloideasóir Jeremiah Curtin sciuird ar an Oileán ach níor fhág sé aon rian air. Is dóigh liom go raibh an iomad deabhaidh air. Synge an chéad scríbhneoir nó scoláire mór a thug aon turas a raibh aon tathag ann ar an mBlascaod Mór. Tháinig seisean in 1905 agus trína chuntas ar a thuras, ar shaol an Oileáin, agus ar mhuintir an tí inar fhan sé, chuir sé an Blascaod in aithne do lucht liteartha Bhaile Átha Cliath, Yeats, Lady Gregory agus lucht Amharclann na Mainistreach. Fuair sé féin leis inspioráid óna *little hostess*. Is trí Bhéarla is baolach a dhéanfaí forbairt ar litríocht an Bhlascaoid dá rithfeadh le Synge. Scríbhneoireacht i mBéarla amháin a bhí ar chumas na mBlascaodach faoin tráth sin.

An Lochlannach, Carl Marstrander (1881-1965), teangeolaí cáiliúil óg idirnáisiúnta, tháinig sé in 1907 agus d'fhan i dtigh an Rí mar a dhein Synge, agus é d'aidhm aige an Ghaeilge a fhoghlaim. Thug an Rí ag triall ar Thomás é, agus d'fhás printíseacht dhúbalta as an muintearas eatarthu — Tomás ag oiliúint Mharstrander agus eisean ag leathadh a shúl do

Thomás. Is teist ar fheabhas teanga a mháistir an meas a bhí riamh ina dhiaidh sin ag Marstrander ar an nGaeilge. Tá litir uaidh i gcló sa *Lóchrann*, Márta 1920, litir a sheol sé ó Concarneau sa Bhriotáin a léiríonn sin: "Is dian-ait an teanga atá á labhairt anso — ach is breá. Níl sí chomh slachtmhar leis an nGaelainn, mar ní fhuaireas aon oidhre uirthi sin i measc teangacha an domhain. Is í mo ghuí : Éirí d'éirí 'na saorsheasamh aríst. Go n-éirí bhur n-obair libh."

In 1910 ceapadh Marstrander ina cheann ar Scoil an Léinn Ghaelaigh i mBaile Átha Cliath i gcomharbacht ar an Aimhirgíneach a bhí faoin am sin in ollamh le Sean-Ghaeilge i gColáiste nua na hOllscoile. An bhliain ina dhiaidh sin ceapadh é ina eagarthóir ar Fhoclóir Gaeilge an Acadaimh. Bhí sé de chúram air cuid éigin de sin a bheith i gcló faoi Mheán Fómhair 1913 le go ngnóthódh sé oidhreacht an Urramaigh Maxwell Close — £1,000. D'éirigh leis D-Degóir a fhoilsiú trí fichid lá roimh an sprioc. Idir an dá linn chuir sé taom trom breoiteachta de agus bhí sé ceaptha ina ollamh in Oslo. Bhí scóp iontach faoin bhfoclóir mar a bheartaigh sé é — an teanga ó thús go dtí an lá sin féin, ainmneacha dílse chomh maith leis an ngnáthstóras. Dá leanfaí a threoir bheadh malairt scéil ag an bhfoclóireacht i nGaeilge ó shin. Is iontach an méid mionábhair ón mBlascaod atá san fhascúl a d'fhoilsigh sé; ó Thomás Ó Criomhthain, ní foláir, a tháinig a fhormhór sin. Faoi *dead*, foroinn II Prep. Phrases tá "A (d) In Mod. Ir. a great variety of forms: i ndiaidh in all districts except the north (where as in Scotland déidh is used). In Kerry the following forms are heard: i ndiaig (-g from idh), i ndeoig; i ndia, i ndeo (ndeodhadh), espec. before particle san: na dhia san, but na dhiaig sin; i ndéig (na dhéig sin), na dhé' san. Very frequent is na dheabhaig sin (na dheabha san) *thereafter*, perhaps a contamination of i ndeoig and i ndeaghaidh (still in use) (174.7-15)." Má leanann tú ar aghaidh faoi bhríonna ar leith an fhocail seo amháin, gheobhair go leor tagartí do W.K. e.g. 176.19-20 "dfág sé an ramhan na dhiaidh *he left the spade behind him* (W.K.) bhí sé i bfaid na sheasamh suas ach thuit sé *faoi dheoidh sin is uile* W.K."

Ní foláir nó gur chuaigh an cruinneas agus an bheachtaíocht a bhíodh ar siúl ag an Lochlannach go mór i bhfeidhm ar chaint agus ar stíl Thomáis. Má bhíodh sé ag lorg ainmneacha éan agus a leithéid, rud a nochtann an liosta ó Thomáis atá thall in Oslo, chuirfeadh sin le cumas tabhairt faoi ndeara Thomáis, agus lena spéis sna dúile in thimpeall. Bhí *Niamh* leis an Athair Peadar mar threoir ag Marstrander agus mar shampla stíle ag Tomás. Ba mhaith an sampla é de chaint na ndaoine ach é ábhar smachtaithe ag oiliúint chlasaiceach an tsagairt. Ní hionann caint agus scríobh; dá chóngaraí do chaint na ndaoine an scríbhinn, ní hionann í agus na focail mar a shníonn siad ó bhéal dá líofa. Ar an láimh eile, is cabhair chun cruinnis agus rialtacha teangan feidhm an mhúinteora a bheith le comhlíonadh mar a bhí ag Tomás ar dtús le Marstrander, agus ansin, nuair a bhí seisean imithe as raon a chluaise, bhí Bláithín chuige.

Is go dtí Scoil an Léinn Ghaelaigh i mBaile Átha Cliath ag foghlaim Sean-Ghaeilge faoi stiúir Mharstrander a tháinig Robin Flower ar dtús in 1910. Thuig an máistir a bhí aige gur fhallaing gan faithim í an teanga agus threoraigh sé Bláithín don Bhlascaod agus go Tomás. Sampla cruthanta, beo beathúch den duine Meánaoiseach ab ea Tomás dar le Bláithín agus ba í an Mhéanaois, a litríocht agus a saoithiúlacht a spéis féin. Snaidhmeadh dlúthchairdeas eatarthu; shaibhrigh Bláithín aigne agus meabhair Thomáis agus scaoil seisean chuige a stór béaloidis — *Seanchas ón Oileán Tiar* a foilsíodh blianta fada tar éis bás na beirte. Ní ag griogadh chun gaisce nua a bhíodh Bláithín ach ag sniogadh agus ag súrac an tseanchais bhéil ab ársa.

Bhíodh scoláirí eile leis, Éireannaigh is eachtrannaigh ag plé le Tomás, ach is ag foghlaim nó ag piocadh uaidh a bhídís-sean. An-iascaire air ab ea an tAthair Seoirse Mac Clúin, údar *Réiltíní Óir i & ii* ach go raibh sé de locht ar a shaothar nár luaigh sé a fhoinsí — Tomás go mór mór, rud a chuir "paisiún agus fearg orm" a deir sé, "nuair a chonac nár luaigh sé go raibh mo leithéid riamh ina chabhair. Is dócha ná raghadh an scéal chomh holc dom dá mba mac léinn thall nó abhus a dhéanfadh é lasmuigh de pholla na cléire, agus mura bhfuil aon chambhóthar againn chun dul ar neamh ach an bóthar díreach, tá go breá againn; is fada go mbeidh na flaithis lán". Deir lámhscríbhinn *An tOileánach* go raibh "Tomás Ó Raithilí go mion minic 'ár measc gach bliain ar a laethanta saoire. Is é do chuir an chuid is mó dona bhfuil do leabhartha agam chúm. Is maith liom i bhfad uam é." Thuigfeá as an gcaint sin leis gur ag foghlaim le cabhair a chéile a bhí an bheirt, ach gan aon spreagadh chun nuascríofa á fháil ag Tomás. Mar a chloisfimid le linn seoladh an leabhair tráthnóna, bhí *An Lóchrann* mar áis foilsithe ag Tomás go luath. Bhí saoirse ag an eagarthóir, an Seabhac, anso agus tá a rian sin ar an tslí ina bhfuil boirbe agus géire Thomáis le léamh ar a aistí. Ní i gcónaí a thuig an t-eagarthóir an scríbhinn, e.g. *fille-chaoch (?)* a dhein sé de *file caoch*; agus ar ndóigh is iomaí cló a chuir sé ar an bhfocal ar leith úd do *dála* — *úmha, núá (?)* agus a leithéid eile. San aiste *Ag Díol Éisc* a bhí ag Tomás, Márta 1917, bhuail sé leis an bhfocal *tunuar*. Mar seo a ghabh an t-eagar: *Pé tunuar [tionnfhuar] beag a dhineadar.* Iarracht choinsiasach ab ea í seo cé gur furasta dúinne inniu an focal *tionnúr* a aithint anseo. Pé scéal é ag an bhfocal bhí an Seabhac ina lándúiseacht nuair a lorg máthair Bhriain Uí Cheallaigh i gCill Airne air comhairle a thabhairt dá mac faoi fhoghlaim na Gaeilge. Chomhairligh sé dó dul siar chun na Gaeltachta, agus thug litir aitheantais dó le tabhairt do Thomás Ó Criomhthain, má raghadh sé 'on Oileán.

Comhairle chinniúnach do litríocht na Nua-Ghaeilge ab ea an chomhairle sin mar ghlac Brian léi go huile agus go hiomlán. Chuaigh sé siar isteach don Oileán go dtí Tomás Aibreán 1917 agus d'fhan ann go Nollaig. Ghabh an t-oide agus a dhalta trí *Séadna* le chéile agus ní foláir nó gur fhoghlaim Brian roinnt mhaith Gaeilge cé go ndeir Tomás i gceann dá litreachta go dtí an Seabhac ná raibh a dheartháir, an tAthair Ó Ceallaigh, "ró aibidh sa teanga ar aon chor" agus "dar ndóigh níor léas litir i nGaelainn le Brian riamh ach "dar ndóigh níor léas litir i nGaelainn le Brian riamh ach oiread leis."

Dhein Brian rud níos tábhachtaí áfach ná salacharáil Ghaeilge a fhoghlaim; tuigeadh dó go raibh mianach na cruthaíochta i dTomás agus d'éirigh leis a thaispeáint le samplaí Pierre Loti agus Maxim Gorki, go raibh an t-ábhar aige — an saol ina thimpeall agus a shaol féin. Tá a fhios ag an saol anois mar a tharla. Fíodh an slabhra fileata de sheoda dialainne, *Allagar na hInise*, mar a bhaist an Seabhac air nuair a d'fhoilsigh "C.S. Fallúin i gcomhar le hOifig an tSoláthair, Baile Átha Cliath 1928" é faoina eagarthóireacht. Bhí *An tOileánach* á bhreacadh ag Tomás sula raibh deireadh aige leis an dialann agus bhí bloghanna á seoladh aige go rialta go dtí Brian Ó Ceallaigh i mBaile Átha Cliath, an té a choinnimh páipéar leis agus a ghriog chun cruthaíochta é.

Ní go maith ina shláinte ná sásta ina aigne a bhí Brian faoin am seo agus é ina chigire scol. Nuair a thuigeadh dó go mb'fhearr dó imeacht that lear ar mhaithe lena shláinte, tháinig imní air faoi fhoilsiú an ábhair seo go léir ó Thomás. Theip Cumann na Scríbheann Gaeilge air, theip fiú Eoin Mac Néill, an tAire Oideachais, air. Chun an tSeabhaic leis ansin agus d'iarr air cúram a dhéanamh de shaothar Thomáis. Ghlac seisean le barr misnigh leis an gcúram duaisiúil seo. Is maith a bhí a fhios aige go raibh a lán eagarthóireachta le déanamh. Is cuimhin liom gur thaispeáin an Seabhac féin dom in 1963 nó mar sin carn litreacha a bhí aige ó Thomás mar fhreagra ar cheisteanna a chuir sé chuige nuair a bhí an obair ar siúl aige. Níorbh é an litriú agus ciall a raibh scríofa amháin a bhí ag déanamh tinnis dó, ach tagarthaí géara do dhaoine a bhí fós beo agus nár cheap sé gur bhain sé le cúirtéis iad a fhoilsiú. Chomh maith leis sin níor mhór dó géilleadh do chaighdeán cúng Oifig an tSoláthair, nó an Ghúim, maidir le cad a bheadh cuíúil do dhaltaí scoile. Tá a fhios againn gur dhein sé an rud céanna maidir lena *Jimín* féin i bhfad na haimsire. Le barr tuisceana mar sin agus breithiúnais, foilsíodh go luath idir *Allagar* agus *Oileánach* i bhfad Éireann roimh *Seanchas*. Tá súil agam ná coimeádfar i bhfad eile sinn gan eagrán oiriúnach do shaol an lae inniu. Tá an teacs slán fós i bpeannaireacht Thomáis.

Agus dhein an Seabhac níos mó ná mar atá ráite agam. Thíos sa Chnósach Duibhneach sa Daingean tá an chaibidil dheireanach den leabhar. Tá níos mó sa chaibidil sin ná an abairt cháiliúil a bhí á séanadh gur scríobh Tomás riamh í — *Mar ná beidh ár leithéidí arís ann.* Bhraith an t-eagarthóir nach raibh an leabhar dúnta i gceart ag deireadh na caibidle roimpi siúd. D'iarr sé ar Thomás an dúnadh a dhéanamh. Nuair a bhí sin déanta aige agus "Críoch" breactha aige faoina bhun, scríobh sé "b'fhéidir ná fuil eireaball gearra anois air. Má tá abairt ann nach ansa leat féin, fág amuigh é. Tomás Ó Criomhthain, Blascaod Mór." Déarfainn gur chun béim a chur ar an tsaoirse a bhí á tabhairt aige don Seabhac a scríobh sé an *é* mór trom.

Tá sé ráite leis, agus creidim é, agus mura bhfuil dearmad orm dúirt an Seabhac féin liom é, gurb toisc gur iarr sé sin ar Thomás atá an chaibidil ar na tithe sa leabhar. Aon duine a léann mo thuairimí-se faoin *Oileánach* tá a fhios aige a thábhachtaí atá an chaibidil sin do struchtúr an leabhair. Is eipic de shórt ar leith an leabhar seo, toradh na coimhlinte cultúrtha a luas. Tá gnáthmhúnla na heipice bunúsaí mar atá sin ríofa ó lá an Tiarna Rhaglan anuas. Tá iontas na breithe — é ar brollach a mháthar chomh fada san —, na macghníomhartha —, marú an róin agus a leithéid eile —, tá tuar báis na cuideachtan go léir sa chaibidil deiridh. Agus cá bhfuil an domhan mór cruthaithe? Tá sin déanta sa chaibidil ina gcuirtear síos ar an dteach. Tá an macrocosm, an domhan mór istigh faoi chompás an mhicreacosm. Caithfidh mé stráice den chur síos a léamh:

D'fhonn roinnt a dhéanamh sa tigh bhíodh drosar trasna lár an tí, ón bhfalla ar thaobh agus síonáil ag freagairt dó ar an dtaobh eile. Bhíodh dhá leaba laistíos díobh sin. Daoine iontu. Bhíodh dhá mhuc ag dul faoi leaba acu

agus bhíodh prátaí faoin gceann eile. Cófra mór idir an
dá leaba i gcoinne na binne. Sa taobh eile den tsíonáil —
taobh na cisteanach — bhíodh na daoine i rith an lae nó
cuid den lá, deicniúr acu, b'fhéidir. Bhíodh cúib leis an
tsíonáil. Cearca inti. Cearc ar gor in aice léi i
seanchorcán. Istoíche bhí bó agus dhá bhó nó dhá
ghamhain, asal, dhá mhadra ceangailte de thaobh an
fhalla nó ar fuaid an tí. Tigh a mbeadh muirear mór ann
bheadh dhá leaba chnaiste sa chúinne ansin nó b'fhéidir
leaba ar an urlár.

I lár an phictiúir phalcaithe sin, le héifeacht mheafair
leanúnaigh de chuid Hóiméir féin, tugann sé radharc dúinn ar
an tseanlánúin i gceann de na leapacha sin:

Bheadh an dream aosta inti sin in aice na tine. Dúdóg de
phíp chré i bhfearas acu agus iad á hól. Sop siúirlín
déanta de thuí acu. Tine mhaith stuaicín rédhearg acu
go maidin. Ar gach múscailt, an sop a chur don tine
agus plubóg a bhaint as an bpíb. Má bheadh an
tseanbhean aige, an sop a shíneadh thairis isteach. Ansin
gal an dá dhúdóg ag baint an tsinmé amach gur chosúil
le long ghaile leaba na beirte nuair a bhídís ar
lántséideadh.

Méadú ar do ghlóir sna flaithis, a Sheabhaic, ós tú faoi deara
Tomás á bhreacadh sin dúinn.
     Tomás, thar éinne eile, laoch na heipice seo. Bhí a lán mar
sin ag brath ar a laochas a chlos sa chaibidil deiridh:

Rud eile, níl tír ná dúthaigh, ná náisiún ná go dtugann
duine an chraobh leis thar chách eile. Ó lasadh an chéad
tine san oileán seo níor scríobh aoinne a bheatha ná a
shaol ann. Fágann sin an chraobh ag an té a dhein é.

Fág go bhfuil a lán de na teoiricí nua-aimseartha

léirmheastóireachta léite agam, ní minic a fheicim iad ag cabhrú linn an litríocht a aithint ón truflais. Is é seantiomna Aristotle, na *Póétika*, agus nuathiomna Longinus, *Peri hUpsous*, fós mo Bhíobla agus is mór mar chabhair agam iad.

Ní míshásta a bhí an t-údar le hobair an eagarthóra, mar a léirigh sé go minic dó ina litreacha. B'fhéidir gur leor an dréacht seo as litir a chuir sé chun an tSeabhaic "D(eireadh) F(ómhair) 16.1929":

A Chara na n-árann,

Tá mo bhaochas fé sheacht ort. Agus pé cuma gur rith An tOileánach" liomsa, ba mhór an ní dhom go raibh cárta cúil maith laistiar díom do bhí in ndán slacht do chur air. I dtaobh an leabhair sin de, ón uair nár chuir sé éinne go Gleann na nGealt ón dtaobh so 'thír ní ceart gearán. Do cheap mórán dá bhfuil sa Ghaeltacht gur mar a chéile do bhí an teanga acu ar fad, ach bhí breall orthu. Insan oileán so féin bíonn cuid acu ag caint le daoine stróinséartha do thagann ann, agus b'fhearr liom gan a bheith ar an bhfód ná bheith. Do chloisfeá ag cur an Bhéarla isteach go tiubh iad agus a thuilleadh dá mbeadh sé acu. Ón chéad lá riamh do shuíos chun boird le Marstrander níor tháinig focal Béarla i gcomhrá Gaelach ó shin chugam.

Bhí "An tOileánach" ag teacht ag formhór ar tháinig go dtí an oileán so i mblianta. Agus b'éigean dom scríobh orthu ar fad dóibh. Má tá aon cheann gan díol fós acu, is iontach liom é agus a bhfuil tagaithe ar an gceann so d'Éirinn acu ...

Maidir lem' thaobh féin den scéal i dtaobh an leabhair, níor mholas agus níor cháineas ina measc é. Bheadh fuar agam a bheith a d'iarraidh é chur go crannaibh na gréine, mara mbeadh gur léim sé féin ann... Neosad duitse ina thaobh. Is mó leabhar insa tigh, lán cairt asail, ach gach uair ba mhaith liom breith ar cheann acu is ea do léinn iad. Ach ní raibh ar mo chumas stop de so gur bhuail a chumas stop de so gur bhuail a chríoch liom. Ba dhóigh le duine orm nár chuala riamh aon rud a bhí thíos ann. Ní hiontas mar sin gur imigh an galar céanna ar an ndream nár chualaigh agus ná feacaigh riamh iad. Caibideal léite agus caibideal eile ag glaoch ort agus an caibideal eile níos géire. Níor fhág sé splinc ag éinne. Ní ar an mbileoig cheart den leabhar do scríobhas ar dtúis, a bhuachaill bháin — braon tógtha agam is dócha... Do chuireas an leabhar go "Cill Airne" fadó. Níor chuir "Eibhlín" aon tuairisc chugam ina thaobh — ní lú chuir ná i dtaobh an Allagair.

(Leanann sé air ansin agus nithe eile á dtaibhreamh dó.) Scéal des na seanascéalta atá agam á scríobh anois, "Iarla Lioxná" is teideal dó. N'fheadar an raibh sé i gcló riamh. Níor bhuail sé liom féin pé scéal é; n'fheadar ar bhuail sé leatsa. Inis dom má bhuail go gcaithfead uaim é cé go bhfuil deich leathanach scríbhte agam de. Má chuireann tú aon chúpla líne uait aon uair abair liom.

Is maith liom go maith sibh, beag is mór. Faid saoil chugat, a fharaire shúgaigh.

Mise agat Tomás an Oileáin...

Sea anois más ea, dhein an Seabhac eagarthóireacht faoi laincisí na linne, agus d'fhéach sé chuige gur chuir Tomás barr slachta ar a shaothar. Níl aon laincisí orainne anois agus tá sé in am an saothar seo go léir a scaoileadh chugainn. Tá turgnamh á dhéanamh agam féin na laethanta seo. Tá roinnt scríbhinní le Tomás agus lena mhac Seán agam de sheilbh dhílis. Tá cóip bhreá díobh le bronnadh agam ar Niamh, iníon Sheáin anois, agus na scríbhinní féin á mbronnadh agam ar an Lárionad seo. Ina theannta sin tá an t-iomlán curtha i gcló agam — an bunscríbhinn, trí ghrianghraf ar an leathanach ar chlé agus é sa chló i litriú na linne seo geall leis ar an leathanach ar dheis. Tá leabhar eile á sheoladh anseo láithreach agus dá bhrí sin níor mhaith liom a bheith ag trasnáil ar an saothar sin, ach seo cóip duitse, a Niamh, agus ceann duitse a chathaoirigh shocair. Gura maith agaibh.

Tomás Ó Criomhthain
Cú Chulainn na Carraige Móire
Tadhg Ó Dúshláine

Níl aon dírbheathaisnéis Ghaeilge a tharraing aird lucht litríochta chomh mór le *An tOileánach*:

An tOileánach is the superbest of all books I have ever read (Brian O Nuallain).

Seasóidh *An tOileánach* a cháil nuair a bheidh an chuid is mó eile de nualitríocht na Gaeilge imithe i ndíchuimhne (Flann Mac an tSaoir).

In *An tOileánach* the writing has a flavour, a quality of goodness you can almost taste, like the goodness of fresh bread or of a sound apple. It recreates a climate made up of a profound acceptance of the realities of life coupled with an intense appreciation of the mere physical joy of living reduced to its simplest terms...

To write about this book is almost a desecration. It is to be read and to read it is to live it. We are dealing with a miracle — a miracle of balance — where the objective record is so involved with the personality of the author that, on setting down the book, you feel you have come to know the man (Máire Mhac an tSaoi).

Is maith mar a chuireann an suimiú seo bua paradacsúil an leabhair seo os ár gcomhair: gur saothar contrártha é a fáisceadh as an choinbhlíocht idir an sean agus an nua: seanaigne an laochais faoi chló liteartha na linne. Sa mhéid sin níl *An tOileánach* neamhchosúil le mórchlasaicí an domhain arbh é tonnbhriseadh an tseanghnáthaimh, anbhuain agus cíorthuathail na linne, a bhrostaigh a n-údar chun ceapadóireachta: Irimia, Iseáia agus Iób an Bhíobla, Hóméar,

Dante agus Shakespeare, Séathrún Céitinn san 17ú haois, scríbhneoirí athbheochan na Gaeilge, an Cadhnach, an Ríordánach agus an Súilleabhánach.

I ndeireadh na 60í cruthaíocha bhíodh clár seachtainiúil ag Gus Martin ar Theilifís Éireann dár teideal *Markings* ina bpléadh sé le ceann de chlasaicí liteartha an Bhéarla agus, rud réabhlóideach ag an am, nár áirigh sé aistriúchán Flower ar *An tOileánach* ar líon na gclasaicí, an t-aon saothar Gaeilge ar tugadh an gradam san dó. Agus ba mhór an gradam é nuair ná raibh aon chuimhneamh ag an am ag scríbhneoirí Gaeilge agus scríbhneoirí Béarla na tíre seo bheith ag saothrú i gcomhar a chéile, murab ionann agus anois. Is mó an t-ionadh fós é sin nuair nach bhfuil i leagan Béarla Flower ach faoi mar a bheadh anglais tae, nó spairt mhóna nó sciodar bainne taobh le smior agus smúsach na bunGhaeilge, mar is léir ón muga maga a dhein Myles na Gopaleen d'aistriúchán Flower:

I was a day in Dingle and Paddy James, my sister's man, in company with me and us in the direction of each other in the running of the day. A man he was that would not have a glass of whiskey long between the hands, or a pint of black porter either, without shooting them backwards: but he got no sweet taste ever on the one he would buy himself, and great would be the pleasure with him that another man should nudge him in the back and ask him to have one with him.

A time after that my brother Paddy moved towards me from being over there in Ameriky. There was great surprise on me he is coming from being over there the second time, because the two sons who were at him were strong hefty ones at that time; and my opinion was that they were on the pig's back to be over there at all. On my seeing my brother on his arrival, there was no get-up on him — as would appear to any person who threw an opinion with him — save that it was in the woods he had spent his years yonder. There was no cloth on him, there

was no shape on his person itself, there was not a dun-
coloured penny in his pocket, and it was two sisters to
him yonder who had sent him across at their own
expense.[1]

B'í téis Gus Martin ná gur saothar sofaisticiúil liteartha é *An
tOileánach* agus gur scríbhneoir cruthaíoch confheasach é
Tomás Criomhthain, rud atá le haithint ar na tagairtí
meitifisiciúla seo aige, mar a dtarraingíonn sé aird ar ghníomh
na ceapadóireachta idir lámha aige:

> Le linn casadh síos di chun na farraige thugas stráiméad
> di, agus sé cinn i ndiaidh a chéile, agus ba mhar a chéile
> léi gach buille den tsáfach a bheith á bhualadh uirthi nó
> an peann seo i mo dhorn. (82)

> Bhíos féin go hálainn an fhaid a bhí an tseanchailleach ag
> caint mar seo. Agus chun a ceart a thabhairt di, níor chuir
> sí as m'ainm riamh mé, ach an méid gleáchais a
> dheineadh sí fúm nuair a bhíos i mo pheata agus an
> brístín glas orm, agus gur beag a shíl mo mháthair féin
> an chaint a bhíodh aici á chaitheamh liom go mbeinn á
> breacadh ag bun na fuinneoige agus mé in ann í a
> sheoladh go dtí na tíortha thar lear. (84)

> Scilling an leathphiont a b'ea an uair sin é, agus tá naoi
> scillinge inniu air agus mé á bhreacadh seo. (116)

> Bhí an bhean fhionnrua a bhí ag caint glan sé troithe go
> hard agus scoth gruaige uirthi i gcomhdhath leis an
> lampa ornáideach atá ar an mbord agam. (168)

Ach tagairtí fánacha iad seo taobh leis an intinn leanúnach
béaloidis atá le haithint tríd síos sa leabhar. Sé bua an
Chriomhthanaigh ná gur fhan sé glan ar an aigne scríofa agus
gur taifeadadh atá ina shaothar ar sheanaigne an laochais agus

é sin caomhnaithe i stíl dhúchasach an bhéaloidis.

Is beag d'aigne umhal na Críostaíochta atá i saothar Thomáis, is go fiú an tagairt do neamh ina dheireadh aige, is mó de chosúlacht aige le Tír na nOg na págántachta ná le parthas na Críostaíochta:

Tá súil le Dia agam go bhfaighidh sí féin agus m'athair an Ríocht Bheannaithe agus go mbuailfeadsa agus gach n-aon a léifidh an leabhar seo leo in Oileán Parthais.

Go fiú nuair a báthadh a mhac níorbh í an phaidir ach seanghuaim an laochais ba thúisce chuige: an tsrian agus an ghontacht chéanna sin a fhaighimid i Scéala Dheirdre agus Oidhe Aonfhir Aoife:

Lá dá rabhadar mar seo, bhí taoide róláidir rabharta ann agus nuair a b'am dóibh druidim leis an dtalamh is ag imeacht a bhíodar nó go rabhadar tnáite. Rángaigh mac dom ag baint na bprátaí sa gharraí atá in aice an tí — i dtosach an fhómhair a b'ea é — mac a raibh ceol ann, agus snámh dá réir. Ocht mbliana déag d'aois a bhí sé agus chonaic sé an bheirt sa tsnámh agus d'aithin láithreach gurbh iad a bhí ann, agus go raghadh díobh teacht.

Chaith sé uaidh an ramhainn agus ghabh gach cóngar trí fhaill agus chladach nó gur chuaigh sé ar an dtráigh. Níor bhain sé aon luid de, bróg ná faic, mar ná rabhadar rófhada amach, agus le linn dul go dtí an t-uisce dó chonaic sé an bhean uasal ag dul síos.

B'eo amach é agus labhair leis an ndeirfiúr; dúirt léi a bheith á coimeád féin ar barrr go fóill, go raibh an bhean uasal suncálta agus go raghadh sé ag fóirthint uirthi ar dtúis. Ach má chuaigh, thit sé féin agus an bhean uasal le chéile. Fear eile a thug isteach an deirfiúr agus gan inti ach an phuth. Thóg na báid an bheirt eile, agus le linn domsa agus do Phaidí teacht mar ba ghnáthach linn is é seo an radharc a bhí romhainn.

Sea, b'éigean dom seasamh leis an gcruachás seo, leis, agus gabháil tríd.

É féin a thugann an chraobh leis ina dheireadh, seanchraobh na laochra, an curadhmhír:

Rud eile, níl tír ná dúthaigh ná náisiún ná go dtugann duine an chraobh leis thar chách eile. Ó lasadh an chéad tine san oileán seo níor scríobh aoinne a bheatha ná a shaol ann. Fágann sin an chraobh ag an té a dhein é.

Sé laoch iomána na Trá Báine leis é, dar leis féin, agus cad tá san abairt is cáiliúla i litríocht na NuaGhaeilge ar fad, b'fhéidir — "Scríobhas go mionchruinn ar a lán dár gcúrsaí d'fhonn go mbeadh cuimhne i bpoll éigin orthu agus thugas iarracht ar mheon na ndaoine a bhí i mo thimpeall a chur síos chun go mbeadh a dtuairisc inár ndiaidh, mar ná beidh ár leithéidí arís ann" — cad tá ansan ach athnascadh ar ghuí Chú Chulainn:

"Acht ropa airdicc-se, maith lem, ceni beinn acht oen laa for domun." Ó thaobh na stíle leis de ní róshocair a luíonn *An tOileánach* lenár ngnáth-thuiscint liteartha: tá sé breac le deilíní seanchaite Fiannaíochta: "seolta bogóideacha bánchneasacha ..." 185; "Sea, shíneamar amach na ceithre mhaide righne, bhinne, bhuanna, bhána bhosleathana, gotha a bhíodh ar churacháin na Féinne sa tseanaimsir, agus níor stadamar den ruathar reatha sin nó gur shroicheamar béal an phoill a raibh beartaithe againn air..." 105; lán d'athrá: "Is sa cheann thiar den Oileán Mór a bhí an *poll sin. Poll* contúrthach a b'ea é, *tarrac* de shíor ina thimpeall, tamall maith de *shnámh* ann, agus an *snámh* le déanamh ar do chliathán mar níl sa scoilt phoill atá ann ach slí an róin go beacht. Nuair a stad an bád ag béal an *phoill* bhí súrac mór *tarraic* ann. Go minic líonadh béal an *phoill*..." 105; agus lán d'abairtí liobarnacha, scapaithe faoi mar a bheadh sé ag caint as a sheasamh: *"Níor mhaith leis an Rí na radhairc seo agus bhíodh sé i gcónaí á dtaispeáint domsa. Féach* an mianach a bhíonn ginte as a óige i nduine gur gnáthach leis gan scarúint leis. B'in nua ag an Rí é; *níor mhaith leis na radhairc thuathalacha shalacha...*". Agus sin é díreach a bhua mar leabhar: taifead é ar sheanmhodh mothaithe agus insinte, á chaomhnú sa mhodh, an modh scríofa liteartha, ba chreill bháis dó:

Ó Criomhthain's writings reveal an individual and a community poised between medieval ways of living and the steadily increasing influence of the modern world. Though primarily oral, the Gaelic culture that nurtured him had been enriched by literary tradition, conferring on his use of language sensitivity and accuracy in the use of style and idiom. Although stoical in the face of the harsh realities of island life, he is also conscious of his own dignity and the singular worth of the soon-to-be extinct community of which he was a spokesman.[2]

Léiriú cruthanta ar an aigne as ar fáisceadh an leabhar is ea Caibidil 9: marú an róin, mar a ndéantar eachtra eipiciúil de cheann de ghnáthimeachtaí coitianta an oileáin; faoi mar a fuarthas rón ar an dtráig, mar a bhain sí greim as cois duine acu agus iad ag iarraidh í a mharú; agus an tslí a leigheasadh í le smut de rón eile a cheangal leis. Rudaí a bhain leis an ngnáthbhráca laethúil: marú róin, mionóspairt choise, leigheas traidisiúnta. Rud eile ar fad atá againn áfach i dtuairisc Thomáis agus teilgean na laochscéalaíochta déanta ar an insint. Ba dhóigh leat ar dtús go raibh leanúnachas áirithe i gceist leis an oscailt: "Ar maidin lá arna mhárach..." Ach níl. Níl ann ach foirmle chruthanta oscailte an *phastourelle*, faoi mar a bhíonn sa scéalaíocht thraidisiúnta nuair a fhágann an laoch an baile ar thóir aicsin. Is é sin le rá gur ceann de fheidmeanna bunúsacha deilbhíochta na scéalaíochta, faoi mar a bheachtaigh an scoláire clúiteach Vladimir Propp[3] é, atá anseo againn. Cur leis sin go dtagraíonn sé faoi dhó dá "phíce breá nua" agus don mórtas atá air as a ghaisce oibre agus daoine eile fós ina

gcodladh agus níl aon oidhre air ach Cú Chulainn agus a shleá
á beartú aige ar a shlí go hEamhain Macha dó. Nó
macghníomhartha Sokolnitchek na Rúise.⁴ Nó, níos giorra fós
do bhaile, b'fhéidir, feirmeoir Séamus Heaney:

The Pitchfork

Of all implements, the pitchfork was the one
That came near to an imagined perfection:
When he tightened his raised hand and aimed with it,
It felt like a javelin, accurate and light.

So whether he played the warrior or the athlete
Or worked in earnest in the chaff and sweat,
He loved its grain of tapering, dark-flecked ash
Grown satiny from its own natural polish.

Riveted steel, turned timber, burnish, grain,
Smoothness, straightness, roundness, length and sheen.
Sweat-cured, sharpened, balanced, tested, fitted.
The springiness, the clip and dart of it...

Críochnaíonn eachtra an róin le héacht seoltóireachta
Dhiarmada. Bíonn réiteach agus slánú agus gach aon ní i
gceart:

Thugadar an rón leo agus nuair a bhí sé acu dúirt na fir
ná raghadh aon bhád béaloscailte abhaile anois sa scríob
a bhí ann. Dúirt Diarmaid má chuirfidís i bhfearas faoi na
seolta dó féin í go raghadh sí soir faoi mar a tháinig sí
anoir. Amach ar an mórmhuir léi, agus thug an captaen
Diarmaid Ceann Sléibhe den chéad scríob léi agus thóg
sé a chaladh féin den dara scríob. Agus níor stad nó gur
chuir ailp den rón fuinte isteach i mo chois féin, agus i
gceann seachtaine bhíos chomh maith agus a bhíos
riamh.

Ó thús deireadh tá struchtúr cruthanta an scéalaíocht bhéil faoi eachtra an róin: tá trí ghluaiseacht faoi leith ar thrí láthair faoi leith ann: sa bhaile, ar an bhfarraige agus in Inis Mhic Fhaoláin; tá struchtúr tréadach go minic faoi na habairtí; gluaiseann an eachtra féin ón tsíocháin ina thús go dtí corruais an chomhraic agus ar ais chun na síochána ina dheireadh; ní bhíonn ach beirt ar an láthair agus ní bhíonn ach an t-aon scéal amháin á insint ag aon am faoi leith. Maidir leis an rón is mó d'árrachtach neamhshaolta ná d'ainmhí farraige atá ann. As an ndochar a dhéanann an t-árrachtach seo do bhall clainne (Tomás) a eascraíonn gluaiseacht an scéil. Cuirtear an mí-adh in iúl agus téann an laoch ar thóir leighis. Bíonn greim ag an bpátrún miotasach seo ar shamhlaíocht an léitheora. Bíonn tarraingt phrimitíveach agus scanradh ann ag an am gcéanna. Cothaítear fiosracht agus imní.

Tomás an laoch óg a mharaíonn an t-árrachtach, tar éis comhraic fhuilteach éagothroim a fhágann i mbéal báis é. Seo croí na heachtra agus is téama é sin a mhacallaíonn siar tríd na mórscéalta béaloidis agus laochais, na scéalta sin ina scáthánaítear sceimhle an duine roimh ollchumhacht an nádúir. Buann an duine leochaileach ar an árrachtach in imeacht an scéil agus sa tslí sin déantar bréagnú ar ghnáthdhlí cruálach an tsaoil, mar chaitheamh aimsire, chun gur féidir éalú ón mbráca laethúil.

Ar an gcuma chéanna tá áibhéil an bhéaloidis, áibhéil na gcartún fiú, ag baint leis an gcur síos ar an gcréacht i gcois Thomáis agus ní bhraithimid uafás ná fulaingt ná pian ar bith ag baint leis:

> Sea, bhí an rón titthe liom sa deireadh agus níor mhór ná go rabhas féin, leis, titthe, agus ba dhóbair go mbeadh deireadh mo shaoil istigh nuair d'fhéachas cruinn ar mo chois nuair a chonac an canta a bhí aisti agus an tobar fola a bhí á fágaint, agus níor mhór ná go raibh fuil mo chroí silte agam.
>
> B'éigean dom an veist bheag a bhí orm a bhaint díom

agus í a chasadh timpeall na coise, agus an corda a bhí tharam aniar á coimeád. Bhí an t-uisce ag teacht agus an tráigh ag líonadh agus gan an rón rófhada ón uisce, agus dúrt liom féin go scuabfadh an fharraige uaim arís í tar éis mo dhuaidh agus fós gan aoinne ag teacht i mo ghaire ná i mo ghaobhar agus eadra bó an uair seo ann, agus trí gach machnamh breacshúil agam á thabhairt ar an gcois agus srutháin fola aici á séideadh.

Chomh maith leis sin cuirtear mothúcháin in iúl trí ghníomhartha agus an saol inmheánach trí imeachtaí seachtracha: an fhad ama a thóg sé ar an mbád dul ón Oileán go hInis Mhic Fhaoláin; nó imní a mháthar go gcaillfí criú an bháid ar thóir an leighis, mar shampla:

> Buaileadh in airde an dá sheol de gheit agus scaoileadh roimh an ngála í. Lean fear an cnoc amach í agus an phíp dearg ina bhéal, agus bhí an bád in Inis Mhic Fhaoláin sula raibh an phíp múchta ina bhéal.
> Bhí an lá ag dul ar bun agus ag séideadh agus bhíos féin isteach agus amach mar ná raibh pian ná tinneas sa chois agam ach an greim gránna a bheith amach aisti. Bhí mo mháthair síos suas, leis, ar chloisint an ghála mhóir di faoi mar a bheadh cearc a mbeadh ubh aici agus dúirt sí i gceann tamaill: 'Tá eagla orm go mbeidh an lá ceannaithe ag lucht na farraige mar gheall ar do chois'.

Tríd síos, ó thosach deireadh ní ar an stíl chruthaíoch an bhéim, ná aon tóir ach an oiread ar mheafair, ar shamhlacha ná ar aidiachtaí neamhchoitianta. Tá an bhéim ar an aicsean agus téitear ó ghníomh go gníomh gan aon rómhoill sa chur síos. De ghnáth is leor an t-aon aidiacht choitianta amháin. Tá an saol iarbhír lán de dhathanna idir-eatarthu: ach dathanna gléine glana amháin atá anseo againn, comhdhéanta d'aidiachtaí seantaithíocha traidisiúnta:

Bhí píce **breá nua** agam...mo phíce **breá nua**...Níor

rófhada gur chuala an tsrann **ghránna** ag mo chúl, srann **dhiamhair**...Cad a chífinn ná an rón **mór groí** breac... agus lig srann **láidir fhiáin**...manta **groí** as colpa mo choise...agus níor mhór ná gur thit sé nuair a chonaic sé an greim **gránna** a bhí aisti...bhí a fhios aici go mbeadh píosa **breá** aige ag teacht abhaile de...bhain an rón an greim **mór** as a chois...chonaic sé Tomás Maol ag teacht agus píosa **mór** de rón ar a dhrom...nuair a chonaic sí an t-ualach **groí** a bhí ar Thomás lig scartadh **mór** gáire...Bád **breá** nua...bhí tarrac mór ann...an greim **gránna** a bheith amach aisti...

Maidir le deilbhíocht na heachtra áirithe seo, tá gluaiseacht shoiléir ann ó staid easnamhach nó ghortaithe trí sraith gníomhartha chun foirfeachta. Ní raibh aon choinne ag Tomás leis an bhfáltas a thit leis an lá seo. Ionann cás dó agus laoch an bhéaloidis nó Saul an Bhíobla a chuaigh amach ar thóir asal a athar agus a d'aimsigh ríocht. Dá fheabhas an éachtaint a thugann sé dúinn ar shaol an oileáin agus ar ársaíocht an tslí bheatha sin ná beidh a leithéid arís ann, is tábhachtaí fós an léiriú a thugann sé dúinn ar an gcoinníoll daonna, ar aigne an duine agus é ag tabhairt dúshlán an tsaoil.

NÓTAÍ

1   O'Nolan, Kevin, *The Best of Myles*, 1975, 275-6.
2   Welch, Robert, *The Oxford Companion to Irish Literature*, 1996, 416.
3   Propp, Vladimir, *The Morphology of the Folktale*, Austin, University of Texas Press, 1968. Féach chomh maith, Max Luthi, *The European Folktale: form and nature*, Philadelphia, 1982.
4   De Vries, Jan, *Heroic Song and Heroic Legend*, OUP 1963, 120.

Na Mná trí Shúile Thomáis[1]

Angela Bourke

Seachtain i ndiaidh bhás Thomáis Uí Chriomhthain, i mí Mhárta, 1937, chuir an *Sunday Independent* alt faoi i gcló, a bhí scríofa i mBéarla ag Brian Ó Ceallaigh tamall sula bhfuair sé féin bás, aimsir na Nollag roimhe sin, i Split na Iúgosláive. Thagair sé ann don dearcadh a bhí ag Tomás ar an saol:

The life for a Blasket man is not a sheltered one. There are cliffs for man and beast to fall over, the sea to drown in. Tomás has had such tragedies in his own life, and he looks on men and things seriously.

Cuntas tuisceanach ag sean-chara ar mháistir scríbhneoireachta atá san alt, agus ní le mioscais ná le magadh ná le haon easpa bá a chuirim an cheist: cén fáth gur fir agus ainmhithe amháin a luaitear anseo? An é gur coinbhinsin de chuid na haimsire sin, 1937, 'fear' a scríobh nuair a bhí 'duine' i gceist, nó an é nach mbreathnaíonn Tomás go stuama ar na mná?

Is fiú an cheist a chur, an ionann go hiomlán 'bean' agus 'duine' i scríbhneoireacht an Chriomhthanaigh? Mar dhream ar leith a chuireann sé síos ar na mná go minic: treibh eile a bhfuil a nósanna agus a dteanga féin acu. Cén muinín is féidir a chur mar sin sa léiriú a thugann sé orthu ina chuid leabhar? Tá tábhacht eile leis an léiriú seo freisin, mar gur doiciméid thábhachtacha chultúrtha iad na leabhair seo, ní amháin ó thaobh an chaoi ar scríobhadh iad — an saineolas agus an ghrinntuiscint a bhí ag Tomás ar a oileán dúchais agus ar a mhuintir féin — ach ó thaobh an chaoi ar léadh, agus a léitear, iad.

Mar atá luaite ag Seán Ó Coileáin, ba chéim mhór i stair na tíre agus na teanga *An tOileánach* agus an leabhar a tháinig roimhe, *Allagar na hInise*, a theacht amach ó Thomás Ó

Criomhthain san aois seo. Chuireadar go mór leis na tuiscintí a bhí ag muintir na hÉireann do stair na hÉireann, do sheanchas na hÉireann, don áit a bhí ag Éireannaigh sa saol, agus go háirithe do mhuintir na Gaeltachta. I dtréimhse a bhí corraithe go maith ó thaobh idé-eolaíochta, glacadh leis na leabhair seo mar léirithe ar luachanna cearta Gaelacha.[2] Le deontais ón Rialtas a cuireadh *Allagar na hInise* (1928) agus *An tOileánach* (1929), i gcló. Ceadaíodh deontas breise £40 don údar ón Roinn Airgeadais i 1931, toisc ardmholadh ón Aire Oideachais ar *An tOileánach*, agus i 1932 bronnadh dhá mhórdhuais liteartha air ag searmanas in Acadamh Ríoga na hÉireann.[3] Murab ionann agus go leor leabhar eile le húdair Éireannacha agus Eorpacha ar deineadh dianchinsireacht orthu sna blianta céanna, moladh an leabhar seo go forleathan mar ábhar léitheoireachta do ghnáthmhuintir na hÉireann. Fáiltíodh roimh aistriúchán Béarla Robin Flower de, nuair a cuireadh i gcló é faoin teideal *The Islandman* i 1937, bliain bháis an údair, an bhliain chéanna ar achtaigh Pobal na hÉireann *Bunreacht na hÉireann*.

Is i gcomhthéacs *Bhunreacht na hÉireann*, ar glacadh leis i reifreann an 1 Iúil, 1937, agus i gcomhthéacs na hidé-eolaíochta ba bhunús leis, a bheidh mé ag féachaint san aiste seo ar chuid dá bhfuil le rá — agus nach bhfuil le rá — ag Tomás Ó Criomhthain i dtaobh na mban sa dá leabhar is mó cáil aige. Is suntasach chomh mór is atá dearcadh an Chriomhthanaigh ar na mná bunoscionn leis an dearcadh a bhí á chur chun cinn orthu sa Bhunreacht agus i dtionscnamh Éamon de Valera i gcoitinne. Tugann sé cuntais fhíorlaochúla ar mhná an Oileáin in áiteanna, ach is minicí a bhíonn sé ag magadh fúthu, ag spochadh astu, nó ag caitheamh anuas orthu; an rud nach ndéanann sé, rómánsú de chineál ar bith orthu. Beidh mé ag áiteamh san aiste seo go bhfuil baint ag an gcur chuige seo ag Tomás le fréamhacha reitriciúla a chuid cainte. Baineann idir ghaisce agus mhagadh le gnásanna an dioscúrsa as ar fáisceadh a chuid scríbhinní, agus is cinnte nach aon chuid dá ghnó na mná a léiriú mar chréatúir dhiamhra nó naofa nó laga.

An guth atá ag labhairt sna leabhair seo mar sin, tá sé thar a bheith neamhspleách ar bholscaireacht inscne a linne, rud a fhágann gur cáipéisí fíorluachmhara an dá leabhar seo do stair na mban agus do léann na hinscne in Éirinn.

◆ ◆ ◆

Is minic fearg curtha ar mhná ó 1937 i leith ag Airteagal 41.2.1 de *Bhunreacht na hÉireann*, a thugann le tuiscint nach saoránach iomlán lárnach de chuid an Stáit í an bhean, ach gur cúntóir fulangach de shórt éigin í, ar leith ón dream a dtugtar 'pobal' orthu. Más le láithreacha 'poiblí' a shamhlaítear pobal, is í an láthair phríobháideach amháin, an teaghlach, is dual don bhean:

> Go sonrach, admhaíonn an Stát go dtugann an bhean don Stát, trína saol sa teaghlach, cúnamh nach bhféadfaí leas an phobail a ghnóthú dá éagmais.

Agus san alt ina dhiaidh sin, dearbhaítear go bhféachfaidh an Stát chuige:

> nach mbeidh ar mháithreacha clainne, de dheasca uireasa, dul le saothar agus faillí a thabhairt dá chionn sin ina ndualgais sa teaghlach.

Mar a thug an Irish Women Workers Union agus an Irish Federation of University Women faoi deara i 1937, ní aithnítear aon tábhacht le hobair ná le gníomhaíocht na mban sa chéad alt acu sin; is é a 'saol' atá luachmhar. Fiú sa dara halt, cuirtear idirdhealú in iúl idir 'saothar' na mban agus 'a ndualgais sa teaghlach', faoi mar nach mbeadh saothar i gceist le tógáil clainne, le réiteach béilí, agus leis an iliomad gnóthaí a dhéanann bean tí. Cuireadh i gcoinne na n-alt seo go láidir i 1937, go háirithe thar ceann na mban a raibh fostaíocht acu, ach glacadh leo, agus tá siad sa *Bhunreacht* ó shin.[4]

Luachanna Victeoiriacha atá le feiceáil go soiléir sna hailt seo, agus a bhfréamhacha go domhain i stair an choilíneachais. Is luachanna cathartha, seachas luachanna tuaithe, iad freisin, faoi mar ba dhual don choilíneachas céanna, agus níor admhaigh an *Bunreacht* go raibh 'dualgais' an-chuid ban in Éirinn ag síneadh i bhfad thar an tairseach amach. Léiriú steiritípeach a thugann *Bunreacht na hÉireann* ar an mbean, agus léiriú ón taobh amuigh. Is créatúr lag, leochaileach, foighneach, tostach í, agus ní amháin gur díspeagadh ar mhná saolta na hÉireann atá san íomhá a chuirtear ar fáil di, ach is díspeagadh ar an Stát féin freisin é, ar bhealach meafarach, más mar bhean a léirítear Éire féin.

Feicimid forbairt na híomhá seo den bhean leochaileach mar théama de chuid an choilíneachais, ní amháin in Éirinn, ach i Meiriceá Thuaidh, san Ind, agus in go leor tíortha eile. Rinneadh leagan amach inscneach ar an gcaidreamh idir tíortha na gcoilíníthe agus a gcuid coilíneachtaí: tíortha baineanna na tíortha a bhí á gcur faoi smacht; tíortha stuama, fireannacha na cinn a bhí i gceannas orthu, dar le go leor scríbhneoirí sa naoú céad déag (agus roimhe). Bhí na coilíneachtaí le ceansú, le smachtú, agus le cosaint, agus ar ndóigh bhí sé i gceist go mbeidís torthúil. Bhíodar álainn, cinnte, agus ba ábhar álainn samhlaíochta iad, ach ag an am céanna bhíodar lagintinneach ceanndána, agus theastaigh treoir láidir uathu, mar ní raibh sé d'acmhainn acu a gcuid cúrsaí féin a stiúrú. Is fada siar a théann an nós an tír a léiriú mar bhean, in Éirinn agus i dtíortha eile, ach sa léiriú áirithe a bhí i gceist sa choilíneachas, agus a chuaigh i bhfeidhm go mór ar thuiscintí ghnáthdhaoine, cuireadh pictiúr áirithe i bhfeidhm den bhean agus den bhaineannachas.[5]

Seo an pictiúr atá sna cartúin a rinne Sir John Tenniel don iris seachtanúil Sasanach *Punch*, mar shampla, ina léirítear Éire (nó Hibernia) mar bhean óg chosnochtaithe le gruaig fhada, agus í á hionsaí ag búr barbartha agus/nó á cosaint ag Naomh Seoirse nó ag Britannia, mar a fheictear i gcartún a foilsíodh ar an 29 Deireadh Fómhair, 1881 (féach léaráid).[6] Déanann

PUNCH, OR THE LONDON CHARIVARI.—October 29, 1881.

Cartúin a rinne Sir John Tenniel don iris seachtanúil Sasanach *Punch* a foilsíodh ar an 29 Deireadh Fómhair, 1881.

léaráidí den tsórt seo idirdhealú bunúsach idir na fir agus na mná i bpobal na coilíneachta, mar a dhéanann cuid mhaith téacsanna scríofa. Fíníneach nó réabhlóidí atá san Éireannach fir anseo: namhaid. Is brúid bharbartha bhagarthach fhoréigneach é, agus é beag beann ar an dlí (atá mar chlaíomh nó arm ag Britannia). Tá cuma moncaí airsean, agus tá cloch ina láimh; ach is spéirbhean mhánla aislingeach í an bhean, atá le coinneáil amach as coimhlintí polaitiúla agus as an saol poiblí: féach a cuid éadaí; a cosa nochta. Tá an rómánsú céanna ar bhandacht na coilíneachta le feiceáil i scéal Pocahontas ón seachtú céad déag ar aghaidh go dtí aimsir Disney. Banphrionsa an-óg a bhí inti sin (c. 1595-1617), den chine dúchasach Algoncain i Virginia, i Meirice Thuaidh. Scaoil sí an Sasanach John Smith saor ó bhraighdeanas a hathar féin, phós sí ina dhiaidh sin é, agus tháinig go Sasana leis, áit a bhfuair sí bás. Cé go léirítear fir na coilíneachta mar bharbaraigh fhodhaonna sa dioscúrsa seo mar sin, déantar ceiliúradh ar na mná — agus go háirithe ar na mná óga aontumha. Léirítear iadsan go minic i gcaidreamh toilteanach gnéis leis na coilínithe; is spéirmhná seachpholaitiúla iad, ar dual dóibh an brón agus na deora, máistrí a bheith i gceannas orthu — agus saol príobháideach an teaghlaigh.

Má bhí tíortha á samhlú mar fhir agus mar mhná sna cáipéisí scríofa agus líníochta seo, bhí an caidreamh ceannais eatarthu á thagairt ar ais d'fhir agus do mhná ina mbeatha: tuigeadh an caidreamh leatromach seo mar leagan amach 'nádúrtha' ar an saol, agus glacadh go forleathan, go háirithe i measc mheánaicme na mbailte sna coilíneachtaí, leis an steiritíp a rinne coilíniú ar an mbean féin sa phobal agus a cheil saol gníomhach nó poiblí uirthi. Seo feiniméan atá tugtha faoi deara san anailís ar phróiseas an choilíneachais atá déanta san Ind, mar shampla, ag Ashis Nandy.[7] Nuair a bhí Mahatma Gandhi ag leagan síos múnla don bhanúlacht ina thír féin, is spéisiúil gurb í an bhandia mhúinte mhánla, Síta, a roghnaigh sé, seachas bandia eile darb ainm Draupadi a bhí fíochmhar, neamhspleách, feargach.

Bhí a leithéid chéanna tagtha chun cinn in Éirinn le linn do Thomás Ó Criomhthain bheith ag tosnú ag scríobh, go háirithe i scéalta Phádraig Mhic Phiarais. Úsáideann an Piarsach íomhá na Maighdine Muire chun cur síos ar mhná ina chuid scéalta, ach cé go dtagraíonn sé go minic don bhéaloideas cráifeach, ní thugann sé aon bhlas dúinn den Mhaighdean fheargach fhuinniúil a léirítear i bhfilíocht bhéil na Páise, mar shampla.[8] Is leor sampla amháin den chaoi a léiríonn sé bean óg, mar chúlra leis an méid a bheidh á léamh agam i saothar Thomáis Uí Chriomhthain. Seo sliocht as 'An Mháthair', a foilsíodh don chéad uair mar scéal Nollag sa *Chlaidheamh Soluis*, an 20 Nollag, 1913. Máire atá mar ainm ar an mbean seo, agus ní máthair í go dtí deireadh an scéil, ach:

> Chomh luath is a chonaic an leanbh a haghaidh, stad sé den chaoineachán. Aghaidh fhada fhíorghreanta a bhí uirthi, mala mhín leathan, gruaig dhubh agus í casta ina triopaill fhada faoina ceann agus dhá shúil ghlasa aici a dhearcfadh go mall maorga agus go buartha brónach ort.

Tá macalla anseo ó scéalaíocht na Sean-Ghaeilge, agus macalla láidir ó íomháineachas na Maighdine Muire. Chuaigh tuiscintí an Phiarsaigh i bhfeidhm go mór ar an meon a leag amach *Bunreacht na hÉireann*, ach is fada a bheimis ag léamh i saothar an Chriomhthanaigh sula dtiocfaimis ar léiriú dá leithéid.[9]

Ní ar éadan na mban a chuireann Tomás síos, ar dhath a súl, ná ar an mbrón a d'fhéadfadh a bheith sna súile céanna. Na rudaí a mbíonn sé ag faire amach dóibh, neart coirp agus tráthúlacht chainte. Seo é in *Allagar na hInise* ag caint ar bheirt bhan óga:

> Bíonn dhá ghiairseach i mo choinne sa chosán, asal acu agus dhá mhála gainimhe acu air. Stopaim iad, agus stadaid liom. Iad cumtha córach gealchraicinn ceannfhionnach. Máire agus Beit. Éadach maith orthu, bróga nua agus stocaí a raibh na seacht ndathanna iontu.

Baineann sé caint astu:

> 'Is mór an náire daoibh dhá mhála a bheith ar an asal agaibh agus gach duine agaibh nach mór chomh láidir

leis.'

'Nár agra Dia ort a bheith ag magadh fúinn' arsa Máire. Ba í ba choráistiúla acu.

'Ní ag magadh atáim.'

'An bhfuil aon leabhar agat a thabharfá dúinn?'

'Ach an bhfuil aon leabhar liom cheana agaibh?'

'Níl. Chuireamar abhaile cheana iad.'

'Ach níorbh aon mhaith dom leabhar a thabhairt anois daoibh go mbeidh an Inid imithe.'

'Ó, a Mhuire mháthair, scaoil abhaile sinn,' arsa Máire. B'eo leo. (lch 150).

Is ag spochadh astu faoi chúrsaí cleamhnais atá sé sa tagairt seo don Inid: téama leanúnach aige.

Is iad an obair agus an chaint an dá mhórthéama atá ag Tomás sa dá leabhar. Tráchtann sé go minic ar Aoine an Chéasta agus ar an nós a bhí ag mná a bheith ag baint chnuasaigh ar an trá an lá sin. Téann sé féin síos i dtosach agus é ina pháiste óg in éineacht lena mháthair:

Ar shroichint na trá dúinn ní raibh aon stocán ná raibh bean, leanbh agus páiste ag baint bhairneach, chnuasaigh agus mhiongán agus gach aon sórt a bhuaileadh leo. Bhí tráigh mhór rabharta ann, agus bhí oileán laistiar a dtugann siad Oileán Ban air, agus níorbh fhéidir dul air ach le han-thráigh, agus bhíodh bairnigh agus cnuasach an-shaibhir ann toisc gan an piocadh a bheith air.

Bhí góilín domhain á dheighilt ón áit istigh, ach níor mhór an t-uisce a bhí ann an uair seo. Níorbh fhada go bhfaca mo mháthair ag cruinneáil a cuid éadaigh lena chéile agus á tharraingt aniar idir a dhá cois. Ní raibh náire ormsa cosa agus colpaí mo mháthar a bheith le feiscint ag an saol mar nár chearnóg nó alpachán í ach fainge fionn gléigeal ó bhaitheas go sáil.... (*An tOileánach*, 28).

Níl sna hainmfhocail sin, *cearnóg, alpachán, fainge,* ach cuid den fhoclóir saibhir atá sa dá leabhar seo chun cur síos ar chineálacha daoine, agus go háirithe ar chineálacha ban: is iomaí *scriosúnach* agus *seibineach* agus *pantalóg* a chastar dúinn freisin, chomh maith le *scáinní* agus *giofairí* agus eile.

Agus é ina sheanfhear, téann Tomás síos ar an trá arís agus bior ina phóca le cnuasach a bhaint. Cosa láidre a mháthar féin a thug sé faoi deara agus é ina bhuachaill óg, agus is iad na cosa arís atá faoi chaibidil anseo aige. Scríobhann sé gan drúis gan náire, ach le han-taitneamh fúthu:

> Ar dhul i radharc na trá dom, ba dhóigh leat ná raibh a oiread beo san oileán agus a bhí inti, iad go léir ag obair agus ag piocadh. Bhí na hógmhná amach go bhásta tríd an sáile. Agus aon duine a déarfadh go raibh na cosa i gcontúirt briseadh faoi aon chailín den méid sin lena gcaoile, níorbh fhíor an fear é. Mar ní raibh i gCiarraí aon dosaen bán óg lena chéile ba raimhre colpa, ba ghile craiceann, ba nite cumtha ná mar a bhí cosa na n-ógbhan seo an t-am seo ag lapadáil an tsáile ghorm. (*Allagar,* 68)

An tsaoirse chainte atá ag Tomás féin agus ag fir eile i dtaca le cúrsaí coirp, ní cheileann sé ar na mná ná ar na cailíní í. Comhrá idir 'cailleach' agus cailín óg, agus deir an bhean mheánaosta go bhfuil an t-éadach ag fáil beag don chailín óg:

> 'Ní mór ná go bhfuil ard do thóna leis,' ar sise.
> 'Ach nach cuma duitse in ainm an diabhail a bheith nó gan a bheith,' arsa an cailín. 'Má tá féin, níl aon náire tríd orm,' ar sise, 'mar tá croiceann agus cló an duine ormsa m'ionann sin agus do leathtón mheirgeach bhuí féin,' ar sise.
> Lá seóigh ab ea acu é [a deir Tomás]. (*Allagar,* 253)

Is faide agus is leanúnaí an cur síos ar mhná aonaracha atá le fáil in *An tOileánach* ná in *Allagar na hInise.* Le caint ar mháthair an údair, Cáit Ní Shé, a osclaíonn sé an leabhar, ag cur síos go neamhbhalbh ar an mbainne cíche a bhí aige uaithi go raibh sé ceithre bliana d'aois, agus tráchtann sé ar chomh láidir is a bhí sí.

Bhí sí cúig bliana is daichead d'aois nuair a saolaíodh é féin, ach mar sin féin chuaigh sí ar an gcnoc an bhliain dar gcionn nuair a chuala a fear go raibh a gcuid móna á goid, 'chun saothar éigin a dhéanamh ar an mhóin a thabhairt abhaile', mar a d'iarr sé uirthi agus é féin ag dul ag iascach (*An tOileánach*, 14). Thug sí lán sé chliabh abhaile sular dhúisigh Tomás beag as a chodladh, agus tar éis di é a bheathú agus a ghléasadh, thug sí léi é féin ar an seachtú hiarracht, i gcoinne an chnoic sa chliabh. Ar a bealach abhaile ansin bhí an páiste ina baclainn aici ag teacht anuas, chomh maith leis an gcliabh mhóna a bheith ar a droim, agus níor spáráil sí a teanga air. Ach 'dá mhéid na crosa a dheineas', a deir sé, 'thug sí fiche cliabh mhóna léi an lá sin. Bhí an chruach mhór mhóna ag baile faoi Dhomhnach aici, agus cúig mhíle éisc ag m'athair an tseachtain sin' (lch.15).

Is iomaí bean sa dá leabhar a bhíonn ag tarraingt mhóna ar a droim ar an gcaoi seo, ach is é is dóichí, gur ó sheanchas a mháthar féin a fuair Tomás an scéal gaisce seo,[10] agus is i dtaobh a gcuid cainte a bhíonn cuid mhaith dá thuairisc ar na mná i gcoitinne. Uaireanta is é an iomarca cainte a chuireann sé ina leith, agus samhlaíonn sé le glór géanna í, nó leis an bhFraincis, ar a laghad a thuigeann sé di; ach nuair nach mbíonn na mná san uimhir iolra aige gan idirdhealú, bíonn mar a bheadh comórtas i gceist eatarthu. Sin mar a bhí idir an chailleach agus an cailín óg thuas, idir Máire agus Cáit faoi chúrsaí cleamhnais (*Allagar*, 51-2), nó idir Bríde agus Máire, féachaint cé acu ba láidre, nó ba thráthúla caint (*Allagar*, 153-54). In áiteanna eile, is idir fear agus bean a tharlaíonn an chaint chliste, mar a bhíonn aige féin le Siobhán (*Allagar*, 147), nuair a bhuaileann sé bleid uirthi, ag moladh a cos: 'Mo ghrá do cholpa, do rúta agus do chois, a Shiobháin...'. Is maith atá an Siobhán seo in ann aige, mar a bhí Cáit mí roimhe sin:

'Conas atánn tú, a Cháit?'

'Táim go maith, a Thomáis'

'Is dócha go bpósfair i mbliana, ná ligfir aon bhliain eile leo?'

'Dhera, nach mbeinn-se pósta le seacht mbliana, a dhuine, dá mbuailfeadh an té liom a phósfadh mé. B'fhearr duit an mac a thabhairt dom, b'fhéidir nárbh fhearr riamh é,' ar sise.

'Ach tá sé ró-óg fós, a Cháit.'

'Nach é sin an locht is fearr air. Nach ag teacht ann a bheidh, a amadáin, agus má tá seisean óg nach mór an ní go bhfuilimse cnagaosta mo dhóthain agus na fiacla go maith agam,' ar sise, 'mura bhfuil aon locht agat féin orm chun dul ar an dtinteán.'

'Ná don diabhal pioc,' arsa Tomás. 'B'fhearr liom go mór do leithéid ná giofaire ó inniu go dtí amárach.'

'Mo ghraidhin croí thú. Ba mhór an ní liomsa gan cur suas a bheith ag fear an tí díom. Ach is dócha, a rógaire, go bhfuil eolas agat ar mé a chur díot le seift eile nuair is maith leat tarraingt suas uaim,' ar sise. 'Beidh spré uait, a bhuachaill, a oiread is nach féidir liomsa a thabhairt duit, is baolach.'

'Ní choimeádfaidh laghad na spré ó chéile sinn,' arsa Tomás.

'Dia leat,' ar sise. (*Allagar*, 130)

Ní fearr áit a fheicimid neamhspleáchas na mban óga seo ná i scéal na himirce. Is é atá le fáil i scríbhinní Thomáis, léiriú ón taobh istigh den phobal dúchasach ar fheiniméan a bhfuil staidéar déanta ag staraithe air ón taobh amuigh.

Ina leabhar, *Erin's Daughters in America*, déanann Hasia Diner amach gur eisceacht a bhí i muintir na tíre seo seachas aon dream eile a chuaigh go Meirice.[11] D'imigh na hIodálaigh anonn ina gclanna iomlána: athair agus máthair agus clann ag dul chuig an Oileán Úr, agus na mná óga dá réir sin faoi dhiansmacht a n-athar thall go dtí go ndéanfaí cleamhnas dóibh. I gcás na nIúdach ó lár na hEorpa, ba iad na fir óga a d'imíodh anonn, agus nuair a bhí áit bainte amach acu thall, chuiridís fios abhaile ar mhná a phósfadh iad. Ach i gcás na hÉireann ba iad na mná óga a d'imigh ina n-aonar, mar a chuaigh Méiní go Hartford, Connecticut in aois a sé bliana déag,[12] nó Cáit Jim, cara Pheig Sayers. Ba iad mná óga na hÉireann a thóg Ardeaglais Naomh Phádraig ar 5th Avenue Nua-Eabhrac lena gcuid síntiús, agus ba iad a chuir na híocaíochtaí abhaile a choinnigh greim bídh le cuid mhaith de mhuintir na hÉireann ar feadh i bhfad. Cuireann Hasia Diner síos ar chomh heagraithe is a bhí na mná sin thall. Ba gheall le ceardchumann an eagraíocht a bhí acu i Meirice dar léi: iad ag tabhairt tacaíochta dá chéile agus ag breathnú i ndiaidh a chéile, agus mná na dtithe móra ag brath chomh mór orthu go rabhadar in ann coinníollacha cearta oibre a éileamh. Chuiridís costas an bhealaigh abhaile chuig a chéile agus ghlaoidís ar a chéile amach go dtí an tOileán Úr.

Tá an léiriú ar imirce na mban a thugann Tomás Ó Criomhthain dúinn sa dá leabhar ag teacht go beacht leis an gcuntas seo. D'fhág a dheirfiúr, Máire, páiste fireann san oileán faoi chúram a tuismitheoirí féin nuair a cailleadh a fear, agus d'imigh sí go Meirice. Bhí sé i gceist aici teacht abhaile mar gheall ar an bpáiste ach d'fhan sí thall go dtí gur chuir sí airgead abhaile chun a beirt deirféar a thabhairt anonn. Tháinig sí abhaile ansin, agus chuir sí an dlí ar mhuintir a céile ar mhaithe le hoidhreacht a mic, ach níl aon tuairisc ag a dheartháir ar a grá don bhuachaill beag, ná ar a croí a bheith briste nuair a d'imigh sí uaidh: feidhm phraicticiúil na máthar a fheiceann sé, seachas aon fheidhm shiombalach ná phearsanta.

Pictiúr an-tipiciúil atá i scéal Mháire den saol a bhí i Meirice ag mná na hÉireann, chomh seiftiúil is a bhíodar, agus chomh neamhspleách. Taobh eile de scéal sin an imirce, áfach, scéal iníon na caillí béal dorais. Bhí an chailleach ag iarraidh cleamhnas a dhéanamh idir Tomás agus a hiníon féin ach ní raibh Tomás ró-shásta leis. D'imigh an iníon anonn, chaith sí óna cúig go dtí a seacht de bhlianta thall, agus tháinig sí abhaile ansin, go leor airgid aici, ach an tsláinte briste uirthi. Ní raibh aon ró-chuma uirthi riamh, a deir Tomás in *An tOileánach*, ach nuair a tháinig sí abhaile bhí sí déanta suas le héadaí faiseanta agus airgead aici, agus anuas air sin, fuiscí do na seanmhná. Ach 'ar shon na balcaisí dea-mhaiseacha a bheith uirthi ní raibh istigh iontu ach an deilbh' (*An tOileánach*, 88). Go leor de na mná a d'imigh go Meirice, thángadar abhaile agus an tsláinte briste orthu ag obair chrua sna muilinn.

Na mná a d'fhan sa bhaile, bhí obair an tí agus an chnoic agus na trá le déanamh acu, agus bhí na cearca acu: rud ba mhaith leis an dioscúrsa fireann a ghlanadh amach as an saol ar fad, agus ní haon eisceacht é Tomás. Nuair a dhéanann seanchas na Gaeilge trácht ar chearca is ag cur mallacht orthu a bhíonn na fir, agus ag iarraidh fáil réidh leo. Bíonn a gcloigeann tinn ag na cearca glóracha; bíonn siad ag ithe an iomarca mine, nó bíonn na mná ag caitheamh an iomarca ama ag plé leo.

Is le blianta beaga anuas atá taighde déanta ar thábhacht na gcearc i saol na hÉireann.[13] Ba iad a bhí mar fhoras neamhspleáchais ag na mná, ach ba chúis trioblóide go mion minic iad ar an ábhar sin. Bhí bean an tí i dteideal na huibheacha a dhíol agus an t-airgead a choinneáil, agus ba amach as airgead na n-uibheacha a bhí a cuid éadaí féin agus éadaí na clainne á gceannach ar fud na tíre. Ach má phós mac baintrí, mar shampla, is minic a bhí a bhean agus a mháthair in adharca a chéile faoi riaradh na gcearc, agus is iomaí scéal a insítear faoi chomh mór is a bhíodh an t-achrann seo ag cur isteach ar fhir bhochta.

Nuair a thógann Tomás a theach nua in 1893 tá sé an-sásta gur cloigeann peilte atá ar an teach nua seo agus go mbeidh na cearca ag sciorradh má bhíonn siad ag iarraidh dul suas air. Bhí na neadacha sa gcloigeann tuí sna seantithe acu; na cloigne tuí millte ag na cearca, agus éanacha circe ag titim anuas ó am go chéile sa mhuga bainne ag fear an tí. Is mar chur isteach ar an saol aige féin agus ag Seán Eoghain a léiríonn Tomás na cearca in *An tOileánach* agus sin é dearcadh na bhfear go paiteanta faoi mar atá sé le léamh i bhfoinsí eile: go bhfuil siad breá sásta uibheacha a ithe, ach gur gráin leo na cearca féin.

Seasann na cearca do neamhspleáchas na mban, ar ndóigh. Tá an neamhspleáchas fisiciúil agus an neart coirp le feiceáil nuair a thráchtann Tomás ar a dheirfiúr féin, Cáit, nuair a phós sí. Bhíodh neadacha i ndíon an tí ag na cearca i dteach a céile, faoi mar a bhí ag a muintir féin, agus deir sé go mbíodh Cáit agus í ina bean phósta, thuas ar dhíon an tí ag tóraíocht na n-uibheacha: íomhá den bhean Ghaelach atá éagsúil go maith leis na cinn a bhí á gcur chun cinn i ngearrscéalta an Phiarsaigh nó i mBunreacht na hÉireann.

Ceann de na rudaí atá le léiriú sna scéalta seo faoi na cearca ná troideanna idir na mná. In *Allagar na hInise*, i mí Eanáir 1920:

Bíonn sé ana-stoirmeach. Ní fhágann sé cearc ná lacha ná gé gan caitheamh soir siar, agus gan marú. Dá mbeadh sé i gcumas duine uasail teacht ó Bhaile Átha Cliath lena ghluaisteán ag féachaint ar an radharc, ar mhná an bhaile, bheadh radharc ina shúile má bhí sé riamh iontu. Scriosúnach acu ag imeacht amach idir dhá fheothan agus ag tabhairt lán a baclann de chearca marbha isteach. Seibineach de bhean thútach láidir eile ina coinne á rá léi go dána go raibh a cuid cearc féin aici á mbreith léi, agus nar bheag di d'olcas iad a bheith marbh agus gan í sin a bheith á n-ithe, ag cur crúca ina cúl agus ag tabhairt lán a doirn dá cuid gruaige léi.

Caitheann an bhean na cearca uaithi agus téid i muiníl a chéile, agus toisc gurbh éigean na doirse a choimeád iata le méid an ghála, bhí an bheirt chomh marbh leis na cearca nach mór sular bhraith aoinne iad.

Bhí an ceart ag an mbean dhéanach mar ba léi leath a raibh ag dul abhaile ag an mbean eile agus fios air sin aicise, ach gur mhór an sásamh léi dhá chearc mharbha a bheith le cur don chorcán aici in ionad gach cinn beo a bhí imithe uaithi.

Deir siad go bhfuil an iomarca le déanamh ag súp na gcearc an bheirt bhan a leigheas, thugadar an oiread sin tachtadh dá chéile, agus mharaigh an ghaoth ina theannta sin iad! (*Allagar*, 164)

Tá scéal an-chosúil leis seo in *An tOileánach* ach ní cearca marbha atá i gceist idir an bheirt bhan ach uibheacha:

Scriosúnach de bhean a raibh mapa de cheann rua uirthi a chonac ar dtúis agus í ag dul le báiní le fearg agus buile. Bhí dhá thigh ceangailte dá chéile sa lantán, agus an bhean rua ag callaireacht lasmuigh. Thuigeas as a cuid cainte gur uibhe cearc bun an allagair, agus 'a shean-dhiabhal' ar sise, 'ní dhéanfadh sé an gnó duit drom do thí fhéin a chuardach gan drom mo thíse ina theannta agus a raibh d'uibhe iontu araon a bhailiú leat.

Ionadh mo chroí a bhí orm cé leis a raibh sí ag caint ná raibh á fhreagairt. Ach níorbh fhada a bhíos mar sin, mar láithreach tháinig bean an tí eile don doras agus bhí sí ag gliúcaíocht nó go bhfuair sí drom na mná eile léi. Thug sí aon léim amháin agus chuir sí a crúca ceangailte sa mhuing rua, agus thug go talamh gan rómhoill í. Níor thugas ina coinne an méid sin a dhéanamh léi, agus an tóirtéis a bhaint dí.

Ach ní raibh sí sásta tar éis a raibh stoite aici gan preabadh de ghlúine ina bolg, agus ba mheasa ná sin é mar nár bholg seasc a bhí ag an mbean rua san am céanna.... (*An tOileánach*, 146-7)

Déanann Tomás féin iad a bhaint óna chéile, a deir sé.

Tá an chosúlacht ar an dá insint seo go bhfuil an scéal á fhorbairt ag Tomás: á scaradh ó na sonraí ama agus aimsire a bhí i gceist le gaoth mhór agus ócáid a mbeadh cuimhne ag go leor daoine uirthi, agus á chur in oiriúint do dhioscúrsa na bhfear: scéal bríomhar, lán den chaint dhíreach, faoi mhná bheith in achrann lena chéile ar bheagán cúise, agus faoi fhear stuama (an scéalaí féin!) a chuireann deireadh leis an marú. Léiríonn sé an chuid sin le greann, faoi mar a bheadh treibh eile i gceist aige.

A mhalairt atá i gceist le cur síos eile ar fhoréigean na mban, nuair a insíonn sé faoin gcaoi ar ruaig na mná na báid chánach a tháinig chuig an Oileán (*An tOileánach*, 59-61). Is spéisiúil an insint seo a léamh i gcomhthéacs na hidé-eolaíochta a leag síos gurb é saol príobháideach an teaghlaigh amháin ba dhual don bhean, mar is léiriú é, faoi mar atá nochtaithe ag scoláirí feimineacha in go leor cultúr, go bhfuil bealaí éagsúla le déileáil le cúrsaí agóide agus cúrsaí polaitíochta. Nuair a thagann trí bhád lán d'fhir armtha chuig an oileán tá na daoine scanraithe nach bhfágfar aon teach acu ar maidin, agus téann na fir i bhfolach, ar fhaitíos go ngabhfaí iad. Siad na mná agus na páistí a ruaigeann na báid; iad ag obair as láimh a chéile. Is léir go bhfuil cultúr poiblí dá gcuid féin ag na mná seo; mar a bheadh poblacht neamhspleách, agus iad ag riaradh na mbuachaillí agus á rangú féin ag barr na haille le clocha a chaitheamh aníos.

Feicimid na mná anseo mar mháithreacha údarásacha. Ba iad na mná a bhí ag tógáil na bpáistí. Bhí na fir, dar le Tomás, ag déanamh cainte leo, ag bualadh bleide orthu agus iad ar an mbóthar ach ba iad na mná a bhí ag tógáil na clainne, ba iad na mná a chuir na buachaillí beaga ag bailiú cloch, ba iad na mná a rinne suas duais le tabhairt dóibh as nead caróige a réabadh os cionn na Trá Báine, nuair a bhí na caróga ag ithe uibheacha na gcearc (*Allagar*, 343). An saol ban a léiríonn sé dúinn, is saol an-chuimsitheach é, ach shílfeá gur tríd an bhfuinneog a fheiceann sé é, i bhfad, i bhfad uaidh féin.

Is minic a dhiúltaíonn an Criomhthanach aon idirdhealú a dhéanamh idir na mná: 'ní mhaireann aon duine a d'fhéadfadh rogha ná díogha a bhaint astu' (*Allagar*, 347). Is san uimhir iolra a bhíonn siad go coitianta aige: ag tarraingt mhóna nó ghainimhe nó ag baint chnuasaigh ar an trá; ag spraoi nó ag damhsa nó ag gabháil fhoinn, agus is minic a bhíonn seisear acu aniar chuige in éineacht, nó ceathrar. Saol ar leith atá acu, comhthreomhar le saol na bhfear, ach saol atá neamhspleách ar fhir, ar go leor bealaí, mar a fuair sé féin amach nuair a thug seisear acu faoi agus é ag baint mhóna. 'Ba gheall le patfhiáin a bhíodar' a deir sé, 'lán de theaspach pé sórt bídh nó dí a bhí acu,' agus ba é a bhreith ar an ócáid cháiliúil chéanna gur 'aicme iad... nach fearrde an duine a bhíonn leo' — léiriú don léitheoir nach ionann, go baileach, mná agus daoine (*An tOileánach*, 98-99).

Tugann sé pictiúir dúinn den saol a bhí ag na mná seo — cúrsaí oibre, cúrsaí cleamhnais, cúrsaí imirce — ach anuas air sin, agus i ngan fhios dó féin, b'fhéidir, tugann sé léargas dúinn ar thuiscintí agus ar luachanna a shochaí féin i dtaca le cúrsaí inscne.

Is minic a léirítear fear agus bean in iomaíocht chainte sa leabhar seo, go háirithe Seán Eoghain Ó Duinnshléibhe agus a bhean, Méiní. Tá cosúlacht idir an bheirt seo san *Allagar* agus an chailleach bhéal dorais agus Tomás Maol in *An tOileánach*, nó an táilliúir Tadhg Ó Buachalla agus a bhean, Ansty, sa leabhar sin nár glacadh leis isteach i stair oifigiúil na tíre, *The Tailor and Ansty*, a chuir Eric Cross amach i 1942 agus a coisceadh ina dhiaidh sin. An léiriú a thugann na cáipéisí seo ar fad ar an gcaidreamh pósta, tá sé bunoscionn leis an tuiscint a bhí an Stát agus an eaglais Chaitliceach ag iarraidh a chur chun cinn sna blianta sin, ach ba é an leabhar Béarla amháin a bhí thíos leis an léiriú a thug sé ar fhear agus bean i gcomórtas síoraí lena chéile: ag spochadh as a chéile go neamhbhalbh i gcónaí, ag argóint, agus ag iarraidh an ceann is fearr a bheith acu ar a chéile.

An-chuid den chaint atá ag Tomás ar na mná san *Allagar*, is faoi chúrsaí spré agus cleamhnais í. Seo píosa ina bhfuil Seán Eoghain agus Méiní ag caint lena chéile:

Tagann cuntas cleamhnais chun Seán an Rí ó Dhaingean Uí Chúise — dul trí chéile ar fuaid an bhaile féachaint cé acu is túisce a gheobadh amach cén cailín í, cé hiad an treibh ar díobh í, seo is siúd, agus allagar ó thóin ceann an bhaile. In aice an tráthnóna buaileann Seán an Rí anuas, an Lítheach agus an Dálach. Tugann triúr acu a n-aghaidh chun an Daingin. Fanaid ann an oíche sin.

Nuair atá an lá arna mhárach caite níl siad ag teacht. Ní rabhadar tagtha in aimsir codlata. Tagann Seán an Ghrinn agus a chlann féin ó bheith ag scoraíocht.

'Ar tháinig Seán an Rí?' arsa Méiní.

'Go mbeire an diabhal uaidh thú,' arsa Seán, 'mura luath a cheapann tú dó a cheirtlín mhná a bheith sroichte aige, ceangailte suas leis, agus san oileán seo thar n-ais tar éis a dhéanta.'

'Cé leis í?' arsa Méiní.

'Níl aon duine is mó a bhíonn ag rith ina measc ná tú féin,' ar seisean. 'Dar Muire, ba chóir go bhfuil cailíní maithe ar a mbaile féin, nó ní fheadar cad é an fáth nach iad atá ceangailte lena chéile.'

'Nár chualaís é seo riamh,' arsa Méiní, 'gur mórthaibhseach iad adharca na mbó thar lear.'

'Dar Muire, mhuise, má bhíonn a lán dá ndeireann tú breallach féin, ní hí an abairt sin atá amhlaidh, a bhean bheag,' ar seisean, 'mar tá sin feicthe cloiste agam féin go minic. Agus ná dúirt fear eile nár bhuaigh aon mhargadh riamh ar mhargadh na luaithe!' (*Allagar*, 38-9)

Sin caint an-tipiciúil den chineál a bhíodh ag Seán Eoghain agus Méiní dar le Tomás, ach tá a fhios againn ón leabhar a chuir Leslie Matson amach faoi Mhéiní i 1996, a bhunaigh sé ar chomhráite fada léi féin, gur snaidhm grá agus an-ghrá a bhí eatarthu lena chéile agus gur réitíodar thar cionn le chéile, ainneoin an difríocht mhór aoise a bhí idir Méiní agus a fear céile.[14] Is é a thugann an Criomhthanach le tuiscint, ní hé go mbídís ag titim amach le chéile, ach gurb iad téarmaí an chaidrimh acu bheith ag caint trasna ar a chéile i gcónaí. Shílfeá gur dhá dhream iad na fir agus na mná nach dtuigfidh a chéile go brách.[15] Tá an dearcadh céanna le léamh i scéal na gcearc, agus tá leid anseo againn ar an gcur chuige ar fad atá ag Tomás: an tuiscint atá aige ar fheidhm na cainte, mar is í an chaint atá mar bhunús lena bhfuil scríofa aige.

Is é atá i gceist le *hallagar* ag an gCriomhthanach, ceist agus freagra agus bheith tráthúil ar an duine eile. *Island Cross-Talk* a thug Tim Enright ar an aistriúchán Béarla a rinne sé féin ar *Allagar na hInise*, a cuireadh amach i 1986, agus dar le *Foclóir* Uí Dhónaill bíonn glór agus blas conspóide i gceist leis an bhfocal go hiondúil. Ní *comhrá* atá sa chaint seo, mar sin, faoi mar a bheadh in úsáid ag scríbhneoir nua-aimsireach mar léiriú ar a chuid carachtar agus ar imeachtaí a scéil, ach gníomhartha cainte: is buillí nó iarrachtaí iad i gcluiche cainte a bhfuil Tomás agus a chomharsana an-oilte air, agus a bhfuil sé ag tabhairt tuairisc air ina chuid scríbhneoireachta, go háirithe in *Allagar na hInise*.[16]

Is ag Walter Ong is soiléire atá teoiric leagtha síos faoi chúrsaí béaloidis i dtaca leis na difríochtaí idir an dioscúrsa scríofa agus an dioscúrsa labhartha. Ceann de na tréithe a bhaineann leis an dioscúrsa labhartha i gcoitinne, dar leis, gur i bhfoirm chomórtais a bhíonn sé, nó mar a deir sé féin, *agonistically toned*.[17] Is in aghaidh a chéile a bhíonn daoine ag leagan amach a gcuid cainte de réir na teoirice seo, agus má tá duine ag iarraidh go ndéanfar cuimhne ar a bhfuil le rá aige, is ins na téarmaí sin ba cheart dó í a chur. Feictear dom go míníonn sé seo an éagsúlacht a fheicimid sa léiriú a thugann Tomás ar na mná. Uaireanta is strainséirí iad: ar éigin a aithníonn sé óna chéile iad, agus is dothuigthe leis a gcuid cainte; ach uaireanta eile is gaiscígh iad, nó páirtithe cliste díospóireachta.

Má thugann Tomás léiriú ar an gcaidreamh pósta, is cinnte gur mar chuid den rud é a thuigeann seisean ba cheart d'fhear spéis a chur ann, agus gurb é an taobh sin amháin den scéal a chuirfidh sé ar fáil. Ní ceart d'fhear an iomarca spéise a chur i gcaint na mban; is rud acu féin í, mar is léir ón gcur síos aige ar an tobar, mar shampla, Feabhra 1920. Tá sé ag trácht ar an níochán atá a dhéanamh ag na mná:

> Feicim uaim suas arís ag an dTobar Beannaithe a oiread
> ban i dteannta a chéile agus atá i gCill Airne, ba dhóigh
> leat.
>
> Buicéid, miasa, citil chun uisce ag cuid maith acu,
> cuid eile acu agus dromhlach dhá chluas lán d'éadach le
> ní acu, gallúnach agus slis i mbarr gach dromhlaigh.
> Búirthé gail ag teacht amach as béal gach mná acu an
> chuid acu ná raibh píp ina mbéal acu. Ní fheadar an
> raibh aon lantán eile in Éirinn an uair seo a bhuaifeadh le
> hallagar ar lantán an tobair seo. Mhúchadar fuaim an Rí
> agus fuaim na mara móire chomh maith. Agus cé ná
> rabhas rófhada uathu an uair seo agus gurb í an teanga
> Ghaelach a bhí siúl acu bhíos chomh dall ar a gcuid
> allagair a thuiscint agus gurb ón bhFrainc iad. (*Allagar*,
> 170)

Is é atá in *Allagar na hInise*, cur síos ar an rud a gcuireann
Tomás féin spéis ann; an saol fireann a nglacann sé féin páirt
ann agus an chaint a bhaineann leis. Saol eile atá ag na mná,
ach is fiú cur síos orthu nuair a dhéanann siad gaisce, nó nuair
a bhíonn siad páirteach sa chaint dheisbhéalach chliste a
dtugann sé *allagar* uirthi. Ní bhíonn an tráthúlacht chainte seo
le fáil ach san áit a mbeidh daoine in adharca a chéile, a bheag
nó a mhór. Sin é an t-údar, dar liom, gur mar chath síoraí a
chuireann sé caidreamh Sheán Eoghain le Méiní i láthair.

Admhaíonn, nó maíonn, Tomás go bhfuil sé chomh dall ar
allagar na mban a thuiscint agus gurb ón bhFrainc iad.
Tugann sé cuntas cruinn cuimsitheach ar go leor den saol
seachtrach a bhí ag mná san Oileán, agus cuntas a
bhréagnaíonn cuid mhaith de bholscaireacht oifigiúil a linne,
ach is beag dá saol pearsanta a thugann sé dúinn. Caithfimid
dul go dtí *Bean an Oileáin*, le Máire Ní Ghaoithín; go dtí
litreacha Eilís Ní Shuilleabháin (*Letters from the Great Blasket*);
go dtí leabhar Leslie Matson faoi Mhéiní, banaltra an Óileáin,

nó go dtí Peig Sayers, ní amháin go dtí an dá leabhar a tháinig uaithi ach go dtí a cuid scéalaíochta, chun féachaint isteach i meon na mban agus chun féachaint cén saol a bhí acu. Is go cliathánach agus go meafarach a léiríonn na mná seo a saol féin go minic: na leabhair a tháinig uathu, is cinn bheaga iad, ach má bhreathnaímid ar an ealaíon a tháinig uathu, an scéalaíocht agus an amhránaíocht, chomh maith lena dtuairisc ar chúrsaí oibre agus imirce, feicimid go bhfuil siad sin forbartha agus snas curtha orthu. Cuirtear síos go meafarach agus go cliathánach iontu ar an gcaidreamh a bhí ag mná le chéile, an caidreamh a bhí ag mná lena gcuid fear, an caidreamh a bhí acu lena gclann agus lena máithreacha féin. Agus is ansin a chaithfimid dhul dá iarraidh. Ná hiarrfaimis ar Thomás é. Ní bhaineann sé leis.

NÓTAÍ

1 Tá an aiste seo go mór faoi chomaoin ag na haistí ar an gCriomhthanach le Muiris Mac Conghail, Breandán Ó Conaire, Seán Ó Coileáin agus Pádraig Ua Maoileoin, in *Oidhreacht an Bhlascaoid*, eag. Aogán Ó Muircheartaigh (BÁC: Coiscéim, 1989), ag aistí Mháire Ní Chéilleachair agus Mháirín Ní Dhuinnshléibe sa chnuasach céanna, agus ag Diarmuid Breathnach agus Máire Ní Mhurchú, 1882-1982: *Beathaisnéis a Cúig* (BÁC: An Clóchomhar, 1997). Ní scríobhfaí í murach an cuireadh flaithiúil a fuair mé ó Mháire Ní Chéilleachair chun caint a thabhairt ag Ceiliúradh an Bhlascaoid, agus an chaoi ar ghríosaigh sí ina dhiaidh sin mé: mo bhuíochas ó chroí léi.

2 Féach Terence Brown, *Ireland: A Social and Cultural History, 1922-1985* (Londain: Fontana, 1985), go háirithe 91-101; 145-51.

3 Breandán Ó Conaire, 'Foilsiú *An tOileánach*' in *Oidhreacht an Bhlascaoid* (eag. A. Ó Muircheartaigh), 170-91.

4 Féach Caitríona Beaumont, 'Women and the Politics of Equality: The Irish Women's Movement 1930-1943', in Mary O'Dowd & Maryann Gialanella Valiulis (eag.), *Women and Irish History: Essays in Honour of Margaret MacCurtain* (BÁC: Wolfhound Press, 1997), 173-88.

5   Féach mar shampla Ashis Nandy, *The Intimate Enemy: Loss and Recovery of Self under Colonialism* (Delhi: Oxford University Press, 1983).

6   Féach plé ar an gceist seo ag L. Perry Curtis Jr., 'Saving Erin or Hibernia from a Fate Worse than Death' &rl, ina leabhar, *Apes and Angels: the Irishman in Victorian Caricature* (Washington & Londain: Smithsonian Institution, eagrán athchóirithe, 1997 [1971]), 155-174.

7   Nandy, *The Intimate Enemy*, 4.

8   Féach Angela Partridge [Bourke], *Caoineadh na dTrí Muire: téama na Páise i bhFilíocht Bhéil na Gaeilge* (BÁC: An Clóchomhar, 1983), go háirithe lgh 94-99.

9   Féach an cur síos ar Éadaoin in *Togail Bruidne da Derga*, agus cf an chailleach ghránna sa téacs céanna. Mar mhalairt le híomhá na Maighdine mánla, is iad an t-éad agus an díoltas atá mar spriocanna ag na mná a léiríonn Pádraig Ó Conaire, a bhí ag scríobh thart ar an am céanna a raibh *Allagar na hInise* á chur le chéile ag T. Ó C.

10 Féach aistriúchán Flower, *The Islandman*, 4.

11 Hasia Diner, *Erin's daughters in America: Irish Immigrant Women in the Nineteenth Century* (Baltimore MD & Londain: Johns Hopkins University Press, 1983).

12 Leslie Matson, *Méiní, The Blasket Nurse* (Corcaigh agus BÁC: Mercier, 1996), 34-44.

13 Féach Joanna Bourke, 'Women and Poultry in Ireland, 1891-1914, *Irish Historical Studies* xxv, uimh. 99 (Bealtaine 1987), 293-310.

14 Matson, *Méiní*, 45-65.

15 Féach Máirín Nic Eoin, *B'Ait Leo Bean: Gnéithe den Idé-eolaíocht Inscne i dTraidisiún Liteartha na Gaeilge* (BÁC: An Clóchomhar, 1998).

16 Féach J.L. Austin, *How to do Things with Words* (Cambridge, MA: Harvard University Press, 1962, 1975), go háirithe 160-61.

17 Walter Ong, *Orality and Literacy: The Technologizing of the Word* (Londain: Methuen, 1982) 43-45.

Seimineár: Litríocht an Bhlascaoid — inné, inniu agus amárach

I

Máirín Nic Eoin

Iarradh ormsa labhairt ar ról Ionad an Bhlascaoid Mhóir i gcaomhnú agus i seachadadh oidhreacht liteartha an Bhlascaoid Mhóir sna blianta atá amach romhainn. Cén chaoi a bhfeidhmeoidh an tIonad mar idirghabhálaí idir scríbhneoirí an oileáin agus na pobail éagsúla a bhfuil nó a mbeadh suim acu ina saothar?

B'fhéidir gurbh fhusa dúinn an cheist sin a fhreagairt ach pictiúr soiléir a bheith againn de na cineálacha daoine a bhfuil an tIonad ag freastal orthu faoi láthair. Is féidir iad a rangú ar an gcaoi seo:

* Muintir na háite (idir pháistí agus dhaoine fásta)
* Imirceoirí ón gceantar (agus a sliocht, ar Béarlóirí anois a mbunáite)
* Scoláirí ollscoile (idir léachtóirí, iarchéimithe agus fhochéimithe)
* Daltaí scoile (idir dhaltaí ón gceantar, dhaltaí na nGaelscoileanna agus ghnáthdhaltaí meánscoile)
* Turasóirí (idir Ghaeilgeoirí agus Bhéarlóirí, Éireannaigh agus eachtrannaigh)

Is í an cheist ná conas is féidir leis an Ionad freastal sásúil a dhéanamh ar na grúpaí seo ar fad? Cuirfidh mé roinnt moltaí faoi bhur mbráid agus is fúibhse a bheidh sé ansin oiriúnacht na moltaí sin a mheas i gcomhthéacs bhur dtuiscintí féin ar riachtanais an phobail áitiúil agus riachtanais an mhargaidh. Aithneoidh sibh freisin, ar ndóigh, nach féidir deighilt dhocht dhaingean a dhéanamh i gcónaí idir éilimh éagsúla na ndaoine atá sna catagóirí atá luaite agam.

1. Muintir na háite

Is é an ní is mó is féidir leis an Ionad a dhéanamh do mhuintir na háite ná feidhmiú mar lárionad cultúrtha agus sóisialta. Ba chóir go mbeadh an pobal áitiúil rannpháirteach in obair an Ionaid, ag teacht chuig foireann an Ionaid le smaointe agus le tionscnaimh. Ba chóir d'fhoireann an Ionaid a dtréandícheall a dhéanamh imeachtaí a eagrú a mheallfadh an pobal isteach is a dhéanfadh ionad allagair agus áitimh, chomh maith le hionad siamsaíochta agus caithimh aimsire, as. An bhféadfaí níos mó úsáide a bhaint as an amharclann bheag chun oícheanta drámaíochta nó scoraíochta a chur ar siúl, leaganacha drámata d'ábhar ó *Allagar na hInise*, mar shampla, nó de shleachta as *Lá dár Saol*? B'fhéidir go mbeadh spéis ag cumainn drámaíochta amaitéaracha na dúiche ina leithéid? Níor mhór smaoineamh ar an mbuantaispeántas féin a chur in oiriúint freisin do riachtanais uile mhuintir an cheantair. Má tá easnamh amháin ar an taispeántas mar atá sé faoi láthair, is é sin ná go sílfeá gur iascairí fireanna lánfhásta nó scothaosta amháin a bhí ina gcónaí ar an oileán. Níor mhór a chur san áireamh gur mná agus leanaí a bheidh i gcuid mhaith mhór de na daoine a thabharfaidh cuairt air. Tá sé ag dul do mhná an cheantair do léireofaí taobh na mban, agus níl aon easpa ábhair ann, le cuntais an-iomlána ó Pheig Sayers agus ó Mháire Ní Ghuithín go háirithe. B'fhiú teacht i dtír ar an mórspéis atá á cur le tamall anuas i nithe mar leigheasanna traidisiúnta, nó bia orgánach nó breitheanna nádúrtha agus féachaint le miontaispeántais ócáidiúla a thógáil timpeall ar ábhair den chineál sin. Maidir leis na leanaí, tiocfaidh an lá go mbeidh saol an oileáin chomh coimhthíoch d'aos óg na dúiche seo agus a bhí sé le fada an lá do na daltaí óga cathrach a raibh orthu dul i ngleic le cuntas Pheig. Níor mhór an taispeántas a chur in oiriúint dóibh, nó miontaispeántais ar leith a chur ar siúl a mheallfaidh iad. Níos fearr fós, iad féin a chur i mbun tionscnaimh faoin gcaoi a mbíodh an saol dá leithéid ar an oileán aimsir Thomáis Uí Chriomhthain, ag tarraingt ar na bunfhoinsí agus ar an saothar tábhachtach anailíse ar shaol an linbh atá á dhéanamh le blianta beaga anuas ag an scoláire béaloidis, Pádraig Ó Héalaí.

2. Imirceoirí ón gceantar agus a sliocht

Cé go gcreidimse ó bheith ag éisteacht le m'athair ag ríomh gaolta fola agus cleamhnais siar cúpla glúin gur beag gá a bheidh ag muintir Chiarraí riamh le taighdeoirí ginealaigh, mar sin féin tarlóidh sé amach anseo go mbeidh daoine ag filleadh ar an dúiche seo ar thóir a ndúchais agus ar thóir eolais bheacht faoina muintir. Mar ba léir ón scannán le Breandán Feiritéar a craoladh le gairid faoi na hiar-Bhlascaodaigh agus a sliocht i Springfield Massachussetts, tá margadh do litríocht an Bhlascaoid Mhóir anois i Meiriceá, agus d'fhéadfadh sé go bhféachfaí ar an litríocht sin go fóill i gcomhthéacs thionscal na hoidhreachta agus na bpréamhacha, tionscal atá mar chuid thábhachtach de straitéis turasóireachta na tíre seo faoi láthair. D'fhéadfadh an tIonad a bheith ina fhoinse eolais do shliocht na n-imirceoirí, le cóipeanna ar mhiocrascannáin de chláir bhreithe agus bhaiste, cláir phósta agus bháis na dúiche. Ní bheadh sé deacair a leithéid a eagrú. Chomh maith leis sin, ba chóir cóipeanna den ábhar luachmhar béaloidis a bailíodh sa cheantar seo a bheith ar fáil san Ionad, áit a mbeadh sliocht na ndaoine a bhfuil a gcuid scéalta agus seanchais ar taifead ansin in ann teacht go héasca ar an ábhar. Creidim go bhfuil sé i gceist ábhar ó chartlann Raidió na Gaeltachta a chur ar fáil ar an gcaoi sin. Tá an raidió le moladh as tuiscint a léiriú gur leis an bpobal sa deireadh aon ábhar a "bailíodh" uathu.

3. Scoláirí ollscoile

Is cinnte go mbeadh spéis ag scoláirí ollscoile sa bhailiúchán béaloidis, ar bhonn shaibhreas agus spéisiúlacht an ábhair féin agus de bharr an léargais a thabharfadh sé dóibh ar chanúint an cheantair. Maidir le seirbhís níos cuimsithí a chur ar fáil do lucht taighde, tá tábhacht ag baint leis an Ionad mar bhunfhoinse eolais agus tagartha, cinnte, ach sílim nach bhfuil sé riachtanach gur san Ionad féin a dhéanfaí an taighde. Creidim gur chóir úsáid a bhaint as an teicneolaíocht is nua-aimseartha — agus an tIdirlíon go háirithe — le scaipeadh chomh forleathan agus is féidir a dhéanamh ar an eolas atá bailithe is ar an taighde atá déanta go dtí seo. Creidim freisin go bhféadfadh lucht stiúrtha an Ionaid réimsí taighde a mbeadh tábhacht ar leith ag baint leo a chur ar a súile don aos acadúil. Ar na réimsí nach bhfuil saothraithe mórán ar chor ar bith go dtí seo, luafainn na cinn seo:

— stádas dleathach na n-oileánach (An fíor go raibh siad beag beann ar dhlíthe na tíre, maidir le cúrsaí cánach agus cíosa, mar shampla?)

— an gaol fola agus cleamhnais idir teaghlaigh an oileáin agus muintir na míntíre (Cé chomh neamhspleách agus a bhí pobal an oileáin i ndáiríre)

— cúrsaí cleamhnais agus pósta i gcoitinne (Céard a tharla nuair a bhí aighneas idir cliamhaineacha, mar shampla, mar a bhí i gcás dheirfiúr an Chriomhthanaigh nuair ab éigean di a maicín a fhágáil lena máthair agus imeacht léi go Meiriceá nuair a d'fhág a cliamhaineacha ar an trá fholamh í tar éis bhás a fir? De réir chuntas a dearthár, chuir sí an dlí orthu tar éis filleadh di roinnt blianta ina dhiaidh sin. An bhfuil fáil in áit ar bith ar thuairisc ar an gcás cúirte sin?)

— ionad an linbh in eacnamaíocht an teaghlaigh

— na hoileánaigh agus cúrsaí trádála/ tráchtála

Agus d'fhéadfaí cur leis an liosta. Is iad lucht litríochta, teanga agus béaloidis is mó a bhí ag plé le scéal an Bhlascaoid go dtí seo. B'fhéidir go bhfuil sé thar am anois roinnt staraithe, go háirithe lucht na staire eacnamaí, a spreagadh le dul i mbun taighde. Sílim go bhfuil sé tábhachtach go bhféachfaí le fianaise lasmuigh de litríocht an oileáin féin a iniúchadh le bonn níos cinnte a chur faoin bplé a dhéanfar amach anseo ar an litríocht sin.

4. Daltaí scoile

Tá an pacáiste oideachais atá curtha i dtoll a chéile agaibh ar fheabhas, agus níl a dhath le cur agam lena bhfuil molta ansin, ach amháin an méid seo. Mar dhuine a chreideann go láidir gur chóir do phobail éagsúla na Gaeilge ar fud na tíre a bheith ag comhoibriú is ag cuidiú lena chéile, seachas de shíor a bheith ag iarraidh aighneas agus easaontacht a chothú, creidim go bhféadfadh áit mar an Ionad nasc daingean a shnaidhmeadh le roinnt Gaelscoileanna, agus go bhféadfaí tréimhsí sa dúiche do dhaltaí Gaelscoile a eagrú timpeall ar chomhthionscadail a d'eagrófaí ar bhonn scoile. Sa mhéid gur rud é sin a d'fhéadfaí a dhéanamh i rith an gheimhridh, chuirfeadh sé le hinmharthanacht an Ionaid sna míonna nach mbíonn turasóirí ag tarraingt ar an áit. Níl cúis ar bith nach bhféadfadh aos óg an cheantair seal a chaitheamh le teaghlaigh Ghaelacha i gCorcaigh nó i mBaile Átha Cliath freisin.

5. Turasóirí

Is iad an dream seo an dream is lú tábhacht, ar bhealach, b'fhéidir, ach is ar thurasóirí nach mbeadh aon eolas puinn acu faoi oidhreacht liteartha an oileáin is mó atá an taispeántas dírithe faoi láthair. Ar ndóigh, ní féidir a shéanadh ach gurb iad is mó a thugann airgead isteach san Ionad, agus níor mhór a admháil freisin gur mar thurasóirí (turasóirí ina ndúiche féin) amháin atá seans ag cuid mhaith de shliocht mhuintir Chorca Dhuibhne blaiseadh anois de shaol an cheantair. Ach an féidir freastal sásúil a dhéanamh in aon taispeántas amháin ar an turasóir ón bhFrainc nó ón Iodáil, ar mhac an imirceora atá ar cuairt ó Springfield, ar an mBéarlóir ó Bhaile Átha Cliath, agus ar an duine de bhunadh an cheantair a bhfuil na leabhair ar fad léite aici? Sílim gur féidir freastal ar an bhFrancach agus ar an mBéarlóir, ach gur rud eile ar fad a bheidh ag teastáil ón duine ar chuid dá oidhreacht (agus uaireanta dá stair phearsanta) féin an t-ábhar atá á chur i láthair. Conas is féidir teacht timpeall ar an mórdheacracht seo?

Bhí agallamh á léamh agam tamall ó shin a cuireadh ar Éireannach darb ainm Mark O'Neill a chaith tréimhse ina stiúrthóir ar mhúsaem i gceantar mór dífhostaíochta i gcathair Ghlaschú.[1] Ceantar déantúsaíochta a bhíodh ann go dtí gur chuir teicneolaíochtaí nua deireadh go deo leis an éileamh ar na hinnill traenach a bhíodh á dtáirgeadh ann. Ní hionann agus Gaeltacht Chorca Dhuibhne, ní ceantar é seo a mbíonn tarraingt na dturasóirí air, agus dá bhrí sin, bheartaigh Mark O'Neill ar straitéisí éagsúla a tharraingt chuige féin le muintir na háite a mhealladh isteach, pobal nach mbeadh spéis dá laghad acu sa mhúsaem traidisiúnta. Rinne sé é seo trí thaispeántais a chur ar siúl a bhí bunaithe ar an rud a dtugann sé "people categories as opposed to museum categories" orthu. In ionad a bheith ag breathnú ar an ábhar atá bailithe ag an músaem — sa chás seo, litríocht an Bhlascaoid, pictiúir den oileán, eolas stairiúil faoi agus nithe a bhíodh in úsáid ag na daoine air — agus a bheith ag iarraidh struchtúr loighciúil iarsmalainne a chur anuas air sin, ba chóir féachaint ar ábhair spéise mhuintir an cheantair a bhfuil an músaem lonnaithe ann agus féachaint ansin leis an ábhar a chur in oiriúint do na hábhair spéise sin. Baineann fadhb mhór amháin leis an gcur chuige seo anseo i nDún Chaoin, áfach, mar má ghlactar leis gur ar phobal an cheantair ina bhfuil an músaem lonnaithe a bheidh an taispeántas dírithe, ansin ní féidir an t-oileán a úsáid mar phointe lárnach tagartha a thuilleadh. N'fheadar an bhfuil ceangal dlí ar an Ionad oidhreacht an oileáin amháin a cheiliúradh? Níor mhór an cheist seo a chíoradh a thuilleadh, dar liom, mar is cuid lárnach d'oidhreacht liteartha Chorca Dhuibhne i gcoitinne í litríocht an oileáin agus is deacair oidhreacht an oileáin agus oidhreacht na míntíre a dheighilt óna chéile. Is é mo thuairim féin nach cóir i ndáiríre aon deighilt a dhéanamh eatarthu, mar is rí-léir nach féidir scríbhneoirí mar Pheig Sayers agus Sheán Ó Criomhthain nó Phádraig Ua Maoileoin a phlé gan saol agus pobal na míntíre in aice leis an oileán a chur san áireamh, agus áiteanna níos faide ó bhaile leis más fúinn an scéal a thabhairt linn ina iomláine.

Mar shampla den sórt ruda atá á mholadh agam, tógfaimid ábhar mar chúrsaí tithíochta. D'fhéadfaí, gan mórán trioblóide, taispeántas ilmheánach a eagrú (le pictiúir, cuntais ó leabhair an Bhlascaoid, grianghrafanna, blúirí ó chartlann Raidió na Gaeltachta, scannáin, léarscáileanna, pleananna etc.) ar chúrsaí tithíochta i gCorca Dhuibhne le céad bliain anuas. D'fhéadfadh an taispeántas oidhreacht ailtireachta na dúiche a ríomh, le cuntais agus léiriú ar na modhanna traidisiúnta tógála, cur síos ar scéimeanna Bhord na gCeantar Cúng, na scéimeanna nua a tugadh isteach tar éis bhunú an stáit agus a bhfuil cuntas criticiúil orthu le fáil i leabhar Phádraig Uí Mhaoileoin *Na hAird ó Thuaidh*, ar aghaidh go dtí scéimeanna Roinn na Gaeltachta agus an Údaráis, agus anuas go dtí an fhorbairt mhór i gcúrsaí tithíochta atá tarlaithe sa dúiche le deich mbliana anuas, agus raidhse tithe nua (idir thithe cónaithe agus thithe saoire) á dtógáil in aghaidh na bliana ag daoine ón áit agus ag strainséirí. D'fhéadfadh a leithéid de thaispeántas díospóireacht a spreagadh go háitiúil faoi chúrsaí ceardaíochta agus faisin; d'fhéadfadh sé tuiscint níos fearr a thabhairt do dhaoine ar a n-oidhreacht tithíochta féin; agus d'fhéadfadh sé ceisteanna tábhachtacha a mhúscailt faoi chúrsaí caomhnaithe agus ath-thógála, cúrsaí forbartha, pleanála agus timpeallachta. Arís, d'fhéadfaí a leithéid a chur ar siúl sa gheimhreadh agus d'fhéadfadh mic léinn agus saineolaithe ailtireachta chomh maith le tógálaithe, conraitheoirí, ceantálaithe agus lucht ceardaíochta áitiúil a bheith rannpháirteach san obair. Timpeall ar an taispeántas, d'fhéadfaí cainteanna, taispeántais sleamhnáin, agus díospóireachtaí poiblí a chur ar siúl a thabharfadh deis do mhuintir na háite agus do lucht polaitíochta, pleanála, timpeallachta agus turasóireachta a dtuairimí féin faoin ábhar a chur i láthair an phobail.

Níl ansin ach sampla amháin, ach sílim go bhféadfaí taispeántais ócáidiúla den chineál seo a chur ar siúl faoi ghnéithe éagsúla de shaol an cheantair a bhfuil athruithe agus forbairtí móra tarlaithe iontu le céad bliain anuas: feirmeoireacht, iascaireacht, sláinte, scolaíocht, bia agus cócaireacht, feisteas, cúrsaí iompair, siopaí agus tithe tábhairne, an turasóireacht féin. Is éard a bheadh le tairiscint ag an Ionad ná bunfhoinsí eolais ar chomhthéacs stairiúil na forbartha sin, agus tuiscint ar luach oidhreacht dhúchais an cheantair. É sin agus ionad fisiciúil a bheadh ina bhuanáis oideachasúil do phobal an cheantair.

NÓTA

1   "Resisting Categories: Barra Ó Séaghdha talks to Mark O'Neill, Senior Curator of History with Glasgow Museums", *Graph Second Series*, Issue 1 (1995), lgh 86-95.

II
Pádraig Ó Cíobháin

Déileálann téama na díospóireachta inniu le léamh ar théacsanna an Bhlascaoid laistigh de theorainn thacair an ama — inné, inniu agus amárach.

The Island Of The Day Before an teideal atá ag Umberto Eco, an scríobhnóir iomráiteach Iodálach ar an úrscéal is deireanaí uaidh. Is scéal fionnachtana é ar an gcruachás a bheir do mhairnéalaigh a thrasnaigh an líne domhanfhaid 360 agus ná feadraíodar cár imigh an lá a bheadh caillte nó buaite acu am éigin sula raibh fios ar conas domhanfhaid a oibriú amach. Is geall le mearú súl an t-oileán a bhuaileann le haonaránach amháin orthu i mbád ná fuil tásc ná tuairisc ar éinne eile criú ar bord inti. Cuimhním ar an Oileán neamhaimseartha a bhuail Muiris Ó Súilleabháin in aghaidh a chroí nuair a leag sé a chosa ar an mBlascaod ina leaid óg don gcéad uair ina shaol.

Leanann luas am. Ritheann an *tempo* ó inné go dtí inniu go dtí amárach. Stopann téacsanna an Oileáin an clog agus calcann siad beatha, béascna agus cultúr na nOileánach i mbeomhaireacht neamh-mharbh ar nós na n-éanlaithe agus na bhfrog a chuala Roberto, laoch aonaránach Eco, ag cantain agus ag grágaíl *"in Homeric parley"*, mar a deir sé. Ach ní fhanann an clog le héinne. Mar seo a chuaigh a bhfuil ráite agam go dtí so i bhfeidhm orm i m'úrscéal deireanach, obair an lae inné, *Desiderius A Dó*:

Fuaireamar sinn féin faobhar na faille siar tráthnóna an naoú lá déag de Mheitheamh. Gan duine, daonnaí ná caonaí sa mbith. Caoire crua le clos ag méiligh sna goirt geitrí, a n-uain go séimh suas leo cruaite ag ráithe an Earraigh. Gainéid ag bualadh. Dá réir sin iasc ag ráthaíocht. A ord agus a eagar féin ag leanúint gach ní. Agus leis an bhfocal 'ní' ciallaím gach gné den nádúir, lúide an duine. Solas réamhdhíleanta ón ngréin, glaine agus glaiseacht an Bhlascaoid le feiscint uainn isteach,

gan rian an duine le feiscint air mar nár chónaigh éinne
ann a thuilleadh agus fós a rian réamhimeachta fágtha
aige ar ailtireacht na bpáirceanna beaga ar dhealramh
cártaí tógtha as a bpaca agus leata go cruinn ar bhord
d'fhonn cleas éigin a imirt. Fothraigh fholamha a dtithe
gan aird, cuid acu ar dhath bán, cuid acu ar dhath
riabhach na gcloch nocht, de réir mar a roinn lámh an
duine leo.

Is maith mar a roinn lámh an Chriomhthanaigh, saor cloiche,
iascaire agus smut d'fheirmeoir, leis an dtéacs *An tOileánach*.
Ar an gcnoc is mó a thaibhsíonn dom éifeacht a ghutha a
bheith le clos, aniar trí cheo na mblian, cos móna aige le baint
nó gur bhain an file, Seán Ó Duinnsléibhe, an bonn uaidh agus
gur aithris a dhán, 'An Chaora Odhar', dó ó thosach deireadh.
Deir Tomás go gcuireann saothar na filíochta isteach ar
shaothar na hoibre. Tuigeadh dó go gcaithfeadh ceachtar den
dá shaothar am ach go gcaithfí dhá am deifriúil a sholáthar
don obair láimhe agus don obair intinne mar nach feasach
d'aon ghobachán daonna conas an dá thráigh a fhreastal.

Tugann an léamhaí gean ar leith de bhua an scéalaí agus é i
mbun chealú an ama sa táipéis ar a dtugaimid an téacs.
Meileann na ciníocha a gcuid ama trí shaothrú a dteangan.
Treabhaid cré bhuí a ndúchais trína hithir. Faighid bráca ón
bhfuirse agus ón bhfotharaga a leanann an saol a chóstálann
comhthreormhar léi. Is urlabhraithe ar a son gach údar ina
measc agus ní bhíonn éinne bocht ar a gcine dá mbarra.

'Caisleán Uí Néill', an t-aon amhrán a chan údar an
Oileánaigh ar a phósadh féin. Seo bhéarsa as a thugann chun a
chéile grá agus ansacht, oileán agus grian, stoc agus caoire in
aon tsíneadh ama amháin, gan tosach, gan deireadh, gan
alpha, gan *omega*:

> A chumainn ghil is a ansacht, i dtúis
> an tsamhraidh dá dtiocfá liom féin
> Amach fé na gleannta nó in oileáinín

> mar a dtéann an ghrian fé
> Ba, caoire ná gamhna
> ní shantóinnse leat iad mar spré
> Ach mo láimh dheas féd cheannsa is cead labhairt
> leat go dtí am an dó dhéag.

Is cuimhin liom go dtéinn fara leaideanna an Bhrú a thagadh ag foghlaim Ghaoluinne ar an nGráig, mo bhaile dúchais, ar thuairisc Mhaidhc File, mac Pheig Sayers, ina thigh cónaithe i mBaile Bhiocáire. Shuíodh sé fara a pheata Caitín Báin gur gheall le *'lóchrann sí'* dó é, cois ghríosach a thine mhóna stuaicín ó Shliabh An Fhiolair. Laistigh d'fhallaí a chistine a bhí a *lebensraum*. B'ann a chuireadh sé imrothlú an tsaoil lasmuigh dá fhearsaid, ag cur an ama ar ceal lena chuid allagair ag tarrac a *mundus contra mundum* — domhan contrártha an tseanchaí, ábaltacht chuige sin a chruthú sa bhfuil aige mar a bhí ag a mháthair roimis. Seo sliocht as an dtéacs atá idir lámha agam fé láthair dár teideal *Faightear Gach Laoch In Aisce*, obair an lae amáraigh, dar ndóigh.

> *That strain again! It had a*
> *dying fall;*
> *O, it came o'er my ear like*
> *the sweet sound*
> *That breathes upon a bank of*
> *violets,*
> *Stealing and giving odour.*

Boladh milis na sailchuaiche. Boladh lofa na pláighe a luigh ar Sheville an samhradh úd. Níl aon oidhre air ach an boladh a bheadh ó thine mhóna agus a mhúsclódh arís i gcuimhne chomhchoiteann an bhéaloidis na scéalta go léir a bheadh aithrise ar thairsing siar tríd na glúinte. *Barden der Torffeur* — baird na tine mhóna a thug na Gearmánaigh ar ár seanchaithe gur ghaibh a ngéinte anuas chugainn. Is sa bhfuil a shnámhann na géinte, fiarsceoch ó dhuine go duine, anonn ó chumasc an tsíl leis an ubhán. Sníomhaid leo, gluaiseacht fúthu mar a bheadh rith ag uisce. Snámhaid i linnte fola, iad suimithe le chéile de réir líon an phobail. Is í an fhuil an t-aon cheangal cruthanta leis an am atá thart. Deirtear dá réir sin go mbíonn áit sa bhfuil againn, nó filíocht, nó suim ar leith i *White Album* na m*Beatles*. Iompraímid an bheatha shíoraí ar an gcuma san.

Bogann boladh na móna an chuimhne go seolann sí chun cinn aniar trí fharraigí an ama atá caite, análú an ama láithreach ag baint tine bheo eile as an am a thiocfadh; tabhair adhaint air más maith leat. B'shiúd í éifeacht Mhaidhc File. B'é an *Barden der Torffeur* againn é. Agus is é do labhradh lena lucht éisteachta gan cháim, gan scáth, gan chantal. Cloisfidh sibh blas na n-ócáidí sin ar an bpíosa so as *An Idirlinn*, an mhír cheangail atá i m'úrscéal dár teideal *Ar Gach Maoilinn Tá Síocháin*, agus a bheidh foilsithe sara fada:

Is maith an t-ancaire an t-iarta mar a deirid. B'é an cúinne úd a cruinne. B'ann a shuíodh sí ina banríon ar a ríocht, a súile ag scanadh a tinteáin mar ar chruthaigh sí féin agus a fear céile Flint, únivérs dóibh féin agus dóibh siúd a shnoígh as a gcumann. Deirim 'ag scanadh' mar gur gheall le véarsaí a scanadh glinniúint a féachana. Í ag féachaint ar na góstaí, na scáthanna síoraí ag sciotaraíl ar fuaid an urláir, ina leanaí óga nár chuaigh aon lá aoise orthu. Chíodh sí Muiris a chuaigh le haill ann, Pádraig a chuaigh go Meirice, Mícheál an t-uan óg a d'imigh 'on dúthaigh chéanna ach a d'fhill abhaile ar nós a dhéanfadh peata bán. Is buan dóibh go brách istigh ar a dtinteán féin.

Deirtear gur 'buan é duine 'na dhúthaigh féin.' An bhfuil éinne sa domhan ná lagóchadh an radharc a chím é — na céadta cnoc ag ropadh a gcinn de dhroim a chéile: láimh leo tá machairí míne réidhe agus páirceanna glasa cumhra, feara agus mná agus forra-dhruinn ortha ag obair ins na páirceanna san, faoileáin bhána go glórach ag eitiollaigh os a gcionn sa spéir, ag tabhairt iarracht anois is arís fé thúirleac ar an dtalamh chun bídh d'fháil dóibh féin. Bhí radharc álainn agam le feiscint ó Mhám Bhaile na nÁth go Cuas an Bhodaigh, agus as san ó thuaidh go dtí Loch Chill Chuáin, mar ar chuir an naomh beannuighthe an clogad ar cheann na péiste. As san arís móir-thimcheall go dtí Baile an Ghóilín mar ar chaith Pléasc cheithre bliadhna déag d'á shaoghal ag déanamh cleas agus cros, agus as san amach arís go dtí Poinnte na Reanna Bige mar ar shnáimh Muiris Ó Séaghdha treasna nuair a bhí sé ag teicheadh ó'n lucht airm; agus sin é i n-aice na Reanna Poll an Daimh, mar a dtagadh go leor luingis chun cuain. Bhí radharc álainn agam treasna na Báighe chomh fada le hUíbh Ráthach. Do bhí an fharraige go maorga, agus taithneamh na gréine ag tabhairt dath an óir ar an uisce. [1]

Is fonn liom a cháiseamh gur breá liom an píosa scríobhnóireachta thuas a scanadh nuair a bhím ag iarraidh éinne a shamhlú ina dhúthaigh féin. Is ag an bpointe ama san suite sa lantán aerga úd a dhein Peig a haigne suas go socródh sí síos ina dúthaigh féin, na laethanta deiridh di in aimsir. B'eo cur síos ar an únivérs fisiciúil ná tabharfadh sí a cúl leis choíche. Ba bhanphriosa sa tsaol úd í, a ríocht ar an Oileán le rianú amach ag an saol roimpi mar gur dhein oileánach di. Is láthair i lár bóchna oileán, ball gur fios dúinn go léir an baol a bhaineann leis don iascaire ar thóin a naomhóige i gcoim na hoíche dorcha, agus is láthair imeallach amach ón míntír é — scata acu atá tréigthe dá bharr san le fada an lá. Oileán Tiar Pheig ina measc. Oileán Tiar an duine deireanaigh ar aon chine, oileán ina raibh tosach agus bunús beatha. An t-oileán mar *mhatrix*, focal go n-eascraíonn a chiall ón Laidin ar bhroinn, agus gur fhás a choincheap ó *mater* — máthair. *An environment in which something has its origin, takes form, or is enclosed, a* deir *The Collins English Dictionary* faoin bhfocal. A ord foriata oileánach féin ar gach gné den saol dá mairid. Crioslaíd a bpáirceanna le claitheacha fód go dúthrachtach mar gur fonn leo curadóireacht i dtaobh talamh a bheith ar an gcaolchuid. Amach romhat sa dara heipeasóid tógfaidh Diarmaid claí fód ard ag crioslú goirt mar gur oileán duine aonaraigh é agus toisc gur fonn leis fál go haer a thógaint chun go mbeadh cuimhne air tar éis a chaointe, sea! ar nós Eiffel a thóg an túr, ar nós thúr Bháibil a tógadh chun go bhféadfadh an duine dreapadh ó thalamh go neamh, gníomh mustarach a chuir Iavé i bhfeirg mhór leis.

Tá ár dturas tugtha againn trí chosáin coille na dtéacsanna a luas. Do hiarradh orm ar an láthair seo mo threoirse tríd an gcoill a sholáthar díbh, i bhfocail eile mo léamh féin a chur os bhur gcomhair ar chuid d'éifeacht théacsanna an Oileáin orm mar scríobhnóir. Tuigíg ná fuil ann ach san díreach — léamh uathúil éinne amháin dena lán Éireann deisceabal, agus gur fiú d'aon léitheoir dul i mbun a óidéise tríd na crannbhréithre úd, athuair nó den gcéad uair. Mar chlabhsúr ba mhaith liom an focal scoir a fhágaint fé Mhíchéal Ó Guithín, an t-éinne i m'aitheasc go raibh aithne anamúil, phearsanta agam air:

> Im chuimhne tá mo ghreann,
> Im pheann atá mo bhrí,
> M'anam beidh i leabhar —
> Is fanfaidh ann de shíor. [2]

NÓTAÍ

1   Sayers, Peig: *Peig*. BÁC: Clólucht an Talbóidigh, Tta, 1936, lch 168.
2   Ó Guithín, Mícheál: *M'Anam Beidh i Leabhar* i gCoinnle Corra. BÁC: An Clóchomhar Tta, 1968, lch 61.

Ag Uaigh Thomáis Uí Chriomhthain
23 Márta 1997

Niamh Ní Chriomhthain Uí Laoithe

Cúpla focal chun clabhsúr a chur leis an deireadh seachtaine ag comóradh Thomáis Uí Criomhthain anseo ag an uaigh.

Táimidne, clann a mhic, Seán, faoi chomaoin ag Tomás as an saibhreas oidhreachta a d'fhág sé againn agus go minic tá ceacht le fáil dúinn ina scríbhneoireacht nuair a bhímid ag gearán ar chúrsaí an tsaoil sa lá atá inniu ann.

Seo mar scríobh Seán faoi:

Sea do bhíos-sa le Tomás ina shólás agus ina dhólás. Chonaiceamar araon an drochlá, chomh maith leis an lá breá agus roinneamar le chéile iad. Nuair a thagadh an bhuairt orainn, ansan a bhíodh an neart le feiscint sa bhfear — neart nach raibh de mhíniú air, ach é a bheith ag cur a thola le toil Dé, neart a fhásann aníos as an spioradáltacht.

Tá muintir Thomáis go léir curtha sa reilig seo ach is tuama nua é seo a dheineadh d'iníon Thomáis, Cáit Bn. Uí Mhaoileoin, a fuair bás i 1922, mar aon le beirt pháiste óg léi — Mícheál agus Tomás (a deirtear liom) a fuair bás ina diaidh. Cuireadh Tomás ina dteannta ar an 8ú lá de Mhárta 1937. Ina dteannta san curtha anseo, tá deirfiúr dúinn a fuair bás ina leanbh óg cúpla lá d'aois — Máire Bríd — a cuireadh Lá 'le Bríde 1948, agus anseo leis atá luaithreach Sheáin Uí Mhaoileoin — mac Cháit — a tugadh anall ón Astráil níos déanaí (níl dáta agam).

Is i mBaile an Ghóilín a bhí mo mháthair Eibhlís ag fanacht, i dtigh mhuintir Uí Mhaoileoin, nuair a fuair athair a céile bás.

(Cé go raibh Tomás Ó Maoileoin pósta don dara uair faoin dtráth seo agus clann óg aige, lean an caradas idir ár muintir i gcónaí.)

Bhí Eibhlís (Ní Shúilleabháin) pósta ag mac Thomáis, Seán, ó 1933 agus is iad a thug aire dó ins na blianta deireanacha nuair bhí an tsláinte teipthe air.

Seo mar a scríobh sí ina litir go dtí George Chambers (litir 83):

c/o Mrs Malone, Burnham, Dingle. March 9th '37.

I am here a month tomorrow March 10th and I didn't see anyone from home until Sunday at 11 o' clock. My husband Seán came, and my brother Paddy, and Oh, Mr Chambers, they just stayed ten minutes with me, for they were in a great hurry — for I must tell and write it down for you in deepest regret that my dearest father-in-law died peacefully and passed away to his reward at seven o' clock that Sunday morning. Oh may he rest in peace. Amen. How I missed being from my home and from his funeral yesterday God only knows.

You know they wouldn't leave me travel to Dunquin as I am so near the time now and I hope to God that good news will come to me and that I will be all right soon for to go home and look after my dear husband. I feel how my husband felt that night, after the funeral and no one to comfort him at home. But God did so I hope and his Holy Mother.

So now dear friend, how quickly death steals our friends and dear ones. You know how I feel out here and my poor father-in-law buried yesterday. It was God's will to take him away — and may His will always be done and not ours.

Agus i litir 84:

c/o Mrs Malone, Burnham, Dingle. March 18th '37.

Seán says he do miss the old man no doubt. But as I am giving him more trouble, he do not have time to think he is gone entirely from us. When everything will be settled again with God's help I will tell you more of my father-in-law and what he did mean to us. As he was so helpless my husband and I are glad and thankful to God who called him to himself, for he was suffering and we did hate to see him that way. May God rest his soul.

Yours, lonely, Eilish.

Bhí ardchion agus meas aici ar Thomás i gcónaí. Seo mar dheachtaigh seisean dá mhac Seán i litir a seoladh go dtí An Seabhac in Iúil 1935:

An lámh do scríobh an tOileánach ní féidir léi an greim do chur im bhéal anois, ná fiú an cnaipe do dhúnadh dom. Táim gan bheith ar fónamh le breis agus mí anuas, ach gur le cúnamh bhean-a'-tí a thagaim 'on chúinne.

Nochtadh an leac bhreá seo ar an uaigh, curtha ann ag a chairde agus daoine go raibh meas acu air féin agus ar a shaothar, ar an 3ú lá de Shamhain 1957. Labhair a mhac Seán an lá san ag tabhairt a óráide:

Níl ionamsa ach an t-éan a sciorr ón ál. Níl beo dá mhacaibh inniu ach mé féin... (agus lean air agus chríochnaigh) ...nó go dtiocfaidh an dara ré ins an spéir ní dhéanfad dearmad ar an lá inniu — an lá is aoibhne im shaol.

Faoi mar scríobh Nóra Ní Shé:

Déan do mhachnamh mar sin, ag uaigh an Chriomhthanaigh — Scaoil do shúil agus treoraigh do smaointe trasna an Bhealaigh isteach chun an Bhlascaoid agus déan iarracht meon agus beatha an fhir atá anseo ina shuan faoin leac, a shamhlú duit féin.

Críochnód le dán Mhichíl Uí Ghuithín — "M'anam beidh i leabhar" as an gcnuasach filíochta dá chuid *Coinnle Corra:*

> Labharfad le cách is mé fé cheilt,
> Mar bheadh duine don dtreibh shíoraí,
> Cloisfear mo ghlór ar bheol chách,
> Is trí bheol chách a bhead ag tíocht,
> Ní bhfaighidh mé choíche bás,
> Cé go gcuirfear mé fé bhrat sa chill,
> Ní cuirfear ann ach mo chorpán,
> Beidh mo ghuth fé bhláth ó aois go haois.

Guímis suaimhneas síoraí i bParthas Dé do Thomás agus dá mhuintir go léir agus gach n-aon atá curtha sa teampall seo agus dá mhac Seán agus dá bhean chéile Eibhlís atá curtha i reilig Chill Mhaolcéadair.

A special word of thanks to Mr. Pat Flower and his daughter Ann who travelled from England to be with us this weekend. Go raibh míle maith agaibh. Also to Rita and Caitríona Breathnach, great granddaughters of Tomás (whose grandmother Cáit is buried here) who made the journey from Dublin to be with us for the weekend.

[Saolaíodh Niamh Ní Chriomhthain-Uí Laoithe i mBaile an Ghóilín go gairid tar éis dá seanathair, Tomás, bás a fháil, 1937, agus chaith sí tosach a saoil ar an mBlascaod Mór. Saolaíodh Cáit Ní Chriomhthain ar an Muirígh tar éis dá muintir aistriú go dtí an mórthír.]